お〜い! おーちゃん!

●自閉症の弟と私のハッピーデイズ●

廣木旺我 作「キズナ」

廣木佳蓮
廣木旺我 著

黎明書房

ぼくは絵をかくのがすきです
動物と恐竜とガイコツが
とくにすきです
友だちも学校も先生も大すきです。
これからもいっぱいを絵をかきます　がんばるので
おうえんしてください

廣木旺我

作品，右から時計回りに，

「動物曼荼羅」。
未完成。2014 年，「I Have a Dream!」展の会場（神戸）でライブパフォーマンスとして描く。

「セカイ」。
2013 年，ニューヨーク・ウェストベス芸術村にて行われた作品展「Art Unites the World」に出展。

「ガイコツ」。
2015 年。

「アニマルランド」。
2013 年。

2014 年，兵庫県朝来市で開催された「生野ルートダルジャン芸術祭」にアーティストの一人として参加したおーちゃんのギャラリースペース。（旧生野鉱山の配給所の一室）

作品タイトルは「石と動物そして人」。おーちゃんは，制作から展示まで現地近くに宿泊して全ての作品を仕上げました。現地の方々に喜んでいただき，大好評！

おーちゃんと私

おーちゃんは私の１つ年下の弟で、７歳のときに自閉症だと診断されました。でも、普通の子と同じように小、中そして高校に通っているから、ちょっぴりレアな経歴をもっています。（障がいのある子の中では珍しい!?）

そんなおーちゃんと過ごす毎日は大変だけどぶっ飛んでいて面白いです。今回、私がこのエッセイを書こうと思ったのは、おーちゃんと一緒に地元の小、中学校に通ったときのエピソードや気持ちをできるだけ多くの人に伝えたかったからです。

楽しいことも、つらいこともあったけど、素直に自分の気持ちを書きました。

楽しんでいただけるように、イラストを多めにして、工夫したつもりです。気軽に読んでもらえれば、と思います。

また、この本が障がいのある子への理解につながることや、障がい児・兄弟児のことでお悩みの方のお役にたてることができれば幸いです。

廣木佳蓮

もくじ

おーちゃん、保育所へ行く

おーちゃん、小学校へ行く(前編)

おーちゃん、高校へ行く

おーちゃん、専門学校へ行く

おーちゃんのこれから

本文イラスト・マンガ　廣木佳蓮
中扉および本文絵　廣木旺我

おーちゃんって どんな子？

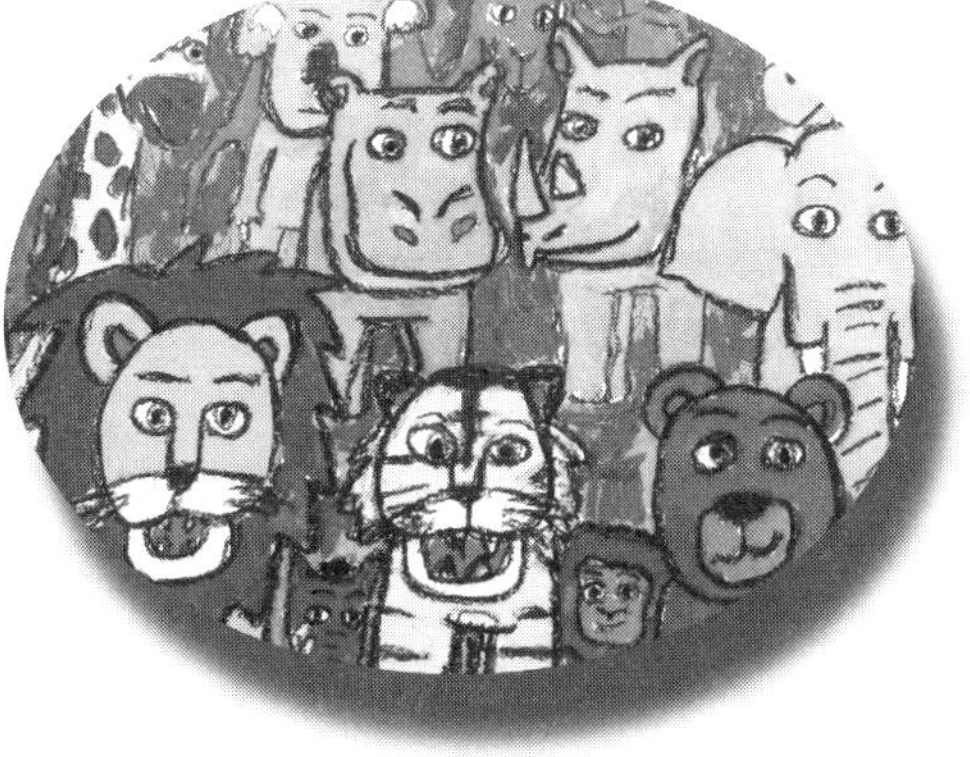

おーちゃんって……

「おーちゃん」というのは、弟のあだ名。

本名は、廣木旺我（ひろき・おうが）と言います。みんな、いつの間にか「おーちゃん」と呼んでいました。

好きな食べ物はから揚げで、嫌いな食べ物はプチトマトです。趣味は絵を描くこと、日課は朝日新聞の天声人語を書き写すこと。最近は、アニメの動画を見るのにはまっています。

おーちゃんは3歳くらいから発達障害と言われ、7歳のときに自閉症と診断されました。自閉症の子は、一般的に知的な遅れがあり、コミュニケーションが取りづらいと言われていて、実際におーちゃんの学力は、現在19歳にして小学校低学年程度、精神年齢5歳くらい!?

でも、この精神年齢診断はただの目安なので、実際のところはよく分かりません。それに、5歳というのは、何年か前に簡単なテストをされた結果なので、また発達している部分があるかもしれません。というか、いくらかはあると思います。（笑）

独り言も言うし、何を考えているのかよく分からないときもあるけれど、おーちゃんがにこにこと笑ってくれているだけで、とってもハッピーな気持ちになります。

人と目を合わせず、いつも落ち着きがなくて表情も豊かではなかったおーちゃんでしたが、今はアイコンタクトも取るようになり、私よりも聞き分けのいい性格になってしまいました。（と言うか、根が素直なのです！）さらに、今は専門学校で友達と一緒に落ち着いて座って授業を受けられるまでに成長しました。姉ながら、嬉しい変化です。

おーちゃんは天使!?

今も昔も変わらないことがあります。それは、おーちゃんが天使も驚くような純粋な心の持ち主であるということです。

例えば、おーちゃんは争いが大嫌いです。どうして分かるかというと、誰かと誰かが言い合いになったときに、おーちゃんは必ず「○○さん（ちゃん）、にっこり！」と言ってスマイルを促してくるからです。（ちなみに、ここでスマイルを返さなくても何も問題ありません）

私たちは、おーちゃんの「にっこり！」によってケンカが中断され、なんとなく力が抜けて「まぁ、いっか」となり、声を荒げることがなくなるのです。

きっと、おーちゃんはそれをねらっているのです。しかし、毎度「にっこり！」の効力があるわけではなく、逆に火に油を注ぐ結果となることもあります。そのときには、おーちゃんは耳をふさいでしまいます。なぜなら、他人のケンカなんて聞きたくないからです。（笑）

おサルのおーちゃん

おーちゃんは潜在的に人並外れた運動神経をもっていて、特に高いところに登るのが得意です。

小さい頃はよく木や石像に登っていました。また、アスレチックと同じように家の柱や冷蔵庫に登るのが日常茶飯事でした。それはもう、おサルそのものでした。小学校を卒業する頃にはやらなくなってしまいましたが……。よくまぁ、家が壊れなかったもんだと今になってしみじみと思います。

だから今でも東京タワーやスカイツリー、あべのハルカスなどの高い建造物には喜んで出かけていきます。逆に、図書館や映画館、美術館などの静かにしていないといけない場所へは小学校低学年の頃までは家族でなかなか行けませんでした。

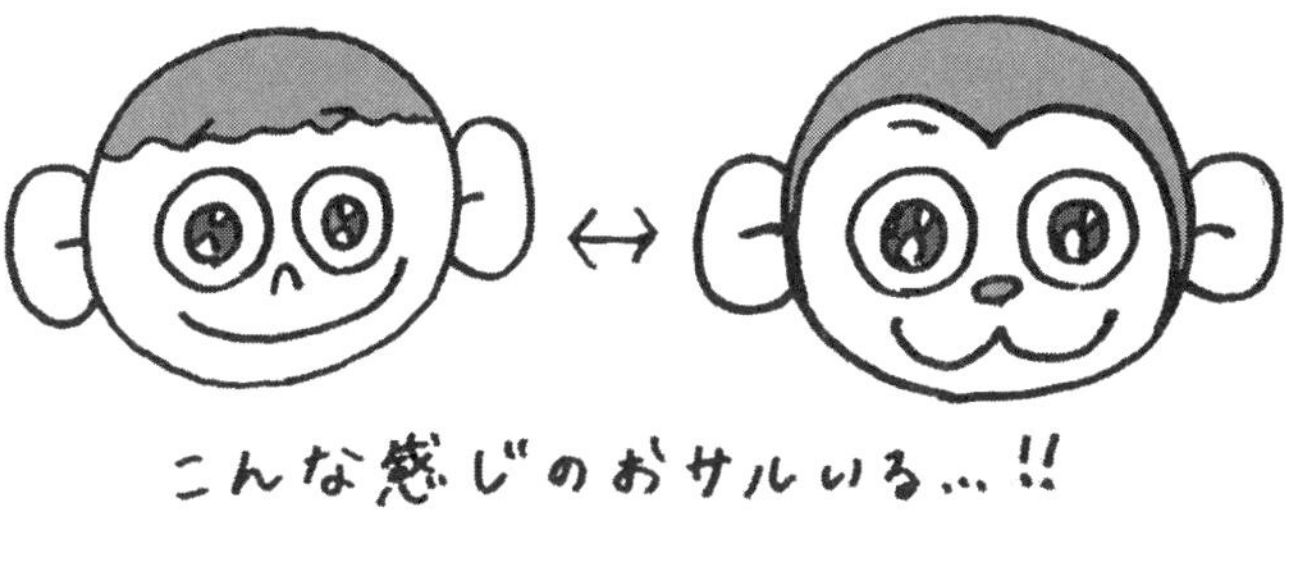

それは、おーちゃんがすぐに走り回るうえに、激しく独り言をしゃべり、ゲラゲラ笑いだすから……つまり、落ち着きがないせいで他の人に迷惑をかけてしまう恐れがあったからでした。おーちゃんは静かな場所は絶対無理！　と家族は思っていました。

ところが、今や成長して私よりも大人しくなっているので驚きです。おサルだったおーちゃんは、もう映画館でもどこへでも行けるくらいに進化しました。どうしてでしょうか？

それは、しばらく読んでもらえれば分かります。

～トイレでニッコリ？の巻～

小さい頃、おーちゃんは
トイレットペーパーを
トイレにつっこむのが
好きだった。
いたずらで毎度、部屋が水没
？
・・・
なんだか行動が
怪しいな～と
感づいた母…
お母ちゃん？
にっこり！
？
にっこり！
してください！
にっこり！
にっこり…
できるか！
アンタのせいで
こんなこと
なっとるんや！
アホか！
コラ！
聞けよ！
見ざる、
聞かざる…

～画伯！犬を描く？の巻～

小さい頃、公園で犬に追い掛けられてから
おーちゃんは犬が苦手
あるとき・・
犬の絵を描いて！
嫌だ！
宿題だよ！
マジかよ…
描けた？
お！
ちっさい！
犬だけ明らか小さい！
しかもザツ！
さすがの画伯も苦手な犬は大きく描けず…

おーちゃん、保育所へ行く

保育所時代

公立保育所に入所したのは、私は1歳のとき、おーちゃんは4歳のときでした。空きがなくて、私の方が先に入所していたそうです。友達も先生も私たちに優しく、差別とは無縁の平和な日々を過ごしていました。また、障がいのある子やその兄弟の子が私たち以外にも通っていたこともあってか、子どもたちの多様性が認められていたように思います。

この頃、私は友達とおしゃべりしたり、新しい遊びを考えたりするのに夢中でした。また自分を表現するのも好きで、作った俳句が新聞に載ったこともありました。

一方、おーちゃんは、言葉は発しているものの、意味の分からないことしか言っていませんでした。そのうえ、目を合わせず、誰かが捕まえていないとすぐにどこかへ走って行ってしまう、という状態でした。

そんなおーちゃんが当時話していた言葉は、「たーたったた」や「やんやん」、「ぴーぴー」といった感じでした。もちろん、誰にも理解不能。私も初めは意味が分からなかったのですが、おーちゃんを観察しているうちにだんだんと分かってきた言葉もありました。例えば「たーたったた」は「お腹すいた」などです。これは、絶対にご飯とおやつの前に言うから、自信をもって翻訳したものです。

そして、私は6歳にして人生初の辞書を書き上げました。その名も『おーちゃん語辞典』！　おーちゃんと接する時間が誰よりも長い私だからこそ完成できた代物だ！　と自負していました。しかし、その後おーちゃんがだんだん普通に日本語を話せるようになったため、不要だと思って捨ててしまいました。今思うと、なぜ残しておかなかったのだ！　と後悔しているのですが……。

けれど、おーちゃんが日本語をちゃんと話せるようになったのは嬉しいことです。このように、おーちゃんは人よりも遅れぎみではありますが、少しずつ確実にその知的な遅れ

を取り戻しているのです。そして私は小さい頃からそうやって弟の面倒をみることで両親に褒められるのをねらい、自分の存在意義を見出していたのです！（えー!?）

……と、言うとなんだかひねくれていそうですが。（笑）もともとは、困っている人のための、何か橋渡し的な存在になりたかったのです。そして、今も誰かの役に立ちたいと思っています。

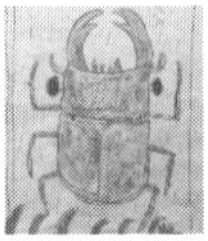

おーちゃんが絵を描くこと

この頃からおーちゃんが唯一、集中してやり続けられることがあります。それは、絵を描くことです。先ほど、これは趣味だと書いたのですが、実はおーちゃんの絵はコミュニケーションのツールにもなっているのです。なのでたまに、感情なども絵に描いて表していて、面白いです。

そういえば、こんなことがありました。母がマクロビオティックなるものにはまってしまったときのことです。マクロビオティックとは、意識的に玄米採食や野菜中心の食生活にすることで、栄養の偏りや取り過ぎをなくし、美や健康を取り戻すのを目指した食事療法です。

何事もはまり込んだら止まらない母は、いきなり主食を白米から玄米にして野菜ばかりのおかず作りにこりだしました。すると、面白いことにおーちゃんの絵にも急激な変化が現れました。なんと、描くもの全てが肉、肉、肉、肉、肉だらけ!! そうです、肉が大好きなおーちゃんは母の気まぐれマクロビブームのせいで肉が食べられなくなって、多大なストレスを感じていたのです!

マクロビでは動物の肉は摂取しないことになっています。その代わりに、豆腐や厚揚げを食べていました。私も、初めは「焼き肉食べたいな……」と思いましたが、1か月もすれば慣れてしまいました。それで体に必要なエネルギーは十分足りていると感じていました。一方、おーちゃんはもともと偏食でお肉大好き! 肉が恋しい、ということを言葉にすることができず、「どうしたらいいものか」と一人で苦しんでいたのです。

ある日描いた絵にはちゃんと「にく・おうが・にく」という説明まで描かれてあり、みんなに(特に母に)見てもらうためにリビングの目立つところにその絵を飾っていました。

（普段はそんなところに飾らないのに！）私はとてもいい案だと思いました。言葉がうまく出ない分、工夫しているんだな、と。

　これを見た母も、さすがに心動かされて「肉、食べようか」と肉料理を作ってくれました。

　久しぶりの肉料理！　おーちゃんはしゃべれない分、自分のできることで自分の気持ちを伝え、とうとう目的を果たしたのです。

　すごい！

　後になって思うことは、おーちゃんは「肉を食べたい！」というメッセージではなくて「どうして、肉を食べないの？」という問いかけをしたかったのかもしれないということです。（まぁ、食べたかったに違いないのですが）やはり、そういうおーちゃんが思っていることの細かい部分までも、周りにいる私たちがくみ取ってあげることを心がける必要はあるのだろうなと思います。

おーちゃんの神さま……？

ちょうど「にく・おうが・にく」の時代、おーちゃんには偉大なる神がいました。それは、マクドナルドです！

そう、あの有名なファーストフード店が神なのです。普通は庶民に身近な存在だと思われるのですが、うちの場合はその頃、例のマクロビのおかげで肉はおろか、外食メニューなどもめったにお目にかかることができなかったのです。(笑)

本気で（？）マクドナルドへ行こうと思えば家からたった5分ほどで行けるにもかかわらず、おーちゃんにとっては、まるで手の届かない雲の上のような存在となっていました。

ある日ついに、こんなことを言い出しました。

「マクドさまに行きまーす！」

さらに、ストレス状態？　というか不満？　が高まっていたからなのか……、

「マクドさま、行こっかー！」「マクドさま、行く！」

という具合に「マクドさま」連呼が始まったのです。念のために言うと、「マクド」とはマクドナルドのことです。そして、うちはめったにそこへ行かないから、その貴重さを認識したおーちゃんが「さま」をつけて勝手に命名したものです。

なんとも素晴らしいアピール能力です！

でも、どうして「にく・おうが・にく」のときと同じようにマクドナルドの絵を描かなかったのかは未だに分かりません。しかし、もしおーちゃんがそうして同じ手を使っていたら、おそらく母を説得することは難しかったのではないかと思います。同じように絵を描いても「ああ、またか」と流されてしまうかもしれないからです。

まぁ、おーちゃんは「マクドさま」と言っているだけで勝手にマクドナルドへ行くことはなかったのですが。私は、いきなり外食をやめさせた母も厳しいと思います。

ところで、おーちゃんが命名したものは他にもあります。例えば、「ベローチェ」というカフェは「べろーじん」になり、「びっくりドンキー」は「ドンギンゴンガ」になり、「ミスタードーナツ」は「みすたつドーナツ」になりました。（なぜ変えちゃうのでしょうか？）

ちなみに、「べろーじん」については「にく・おうが・にく」時代につけられたもので、「まんが日本昔ばなし」に登場した寿老人（じゅろうじん）になんとなく響きが似ていて、やはり、お店がありがたみをおびています。（笑）

しかし、おーちゃんがこの世で最も恐れ、敬っているものは姉の私だと思います。なぜなら、誰の言うことも聞かないのに私の命令には素直にしたがうからです。それに、小さいときの私たち2人の写真を見ると、大体は私がおーちゃんよりもたくさんのスペースをとって座っていて（態度がデカい！）おーちゃんの目線は、いつも私の方に向いており、（ご機嫌うかがい!?）なんだか身分に差があるみたいに写っています。

そんなに私のことを尊敬してくれているはずなのに、いまだ「かれんさま」と呼んでくれたことはありません。

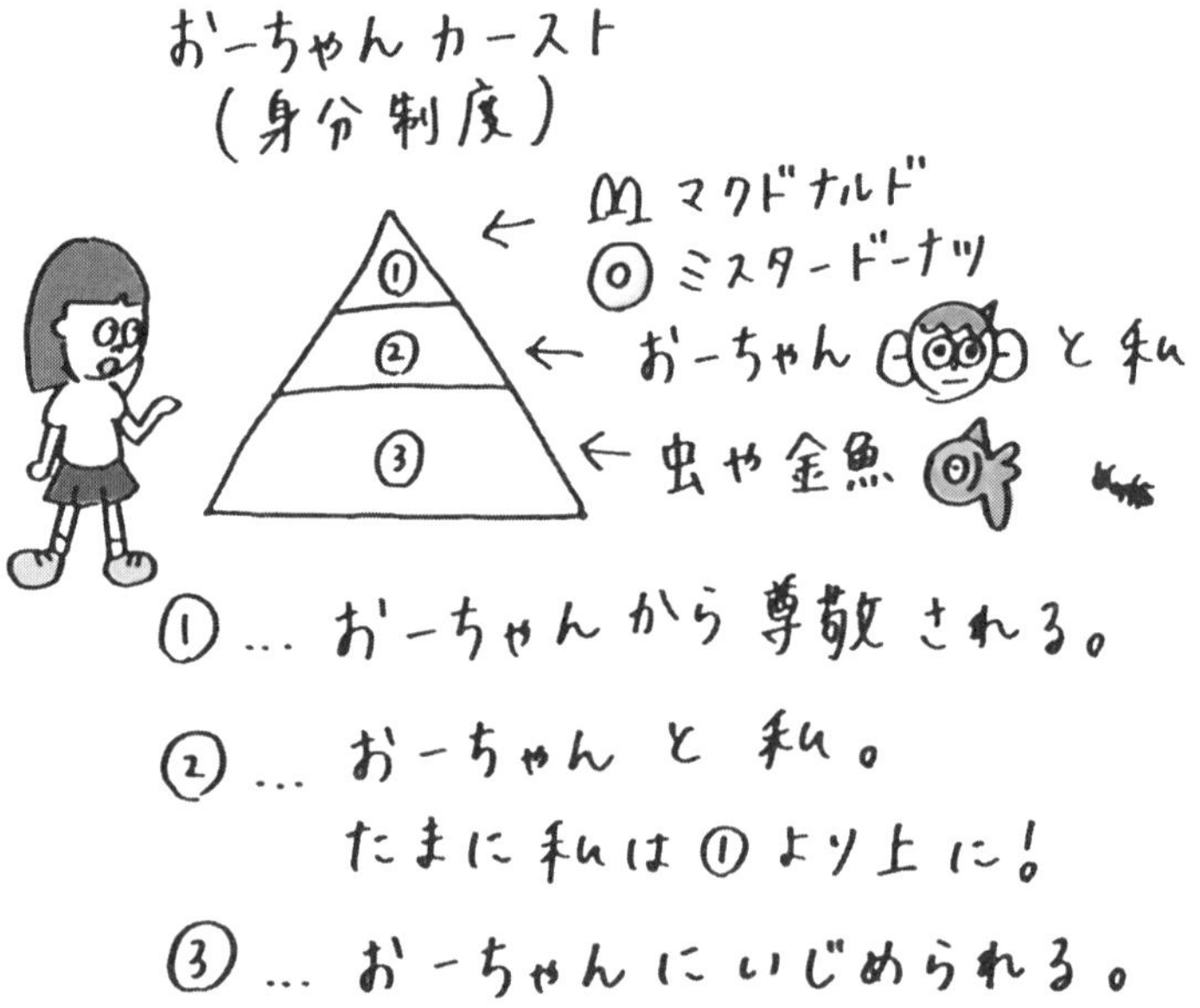
おーちゃんカースト
(身分制度)
マクドナルド
ミスタードーナツ
①
②
③
おーちゃんと私
虫や金魚
①…おーちゃんから尊敬される。
②…おーちゃんと私。
たまに私は①より上に!
③…おーちゃんにいじめられる。

カーストの説明

①大好きなものや人には「さま」をつけたり，神さまのようなあだ名をつけてうやまう。

②おーちゃんのポジション。

③小さいときには虫をいじめていた。本人は遊んでいる感じだったが，今では蚊ですら，笑顔でたたくふりをするが，殺せない，超平和主義者になっている。

〜おーにゃんの春夏秋冬の巻〜

春
おーちゃんはネコみたいに
いつも心地よいところで
昼寝します。
ZZZ
日のあたる窓のそばで
ぽかぽか…
夏
夏はひんやり涼しい
廊下でスヤスヤ…
スー
スー
あ！風の通る
涼しい場所だ
秋
秋がきて
肌寒くなってきたら…
テレビの上に！
昔は
箱型の
アナログ
TV だった。
NEWS
なんか気になって
番組を集中して
見られへん…
冬
冬になり、しんしんと
冷えてきたら…
ガラッ…
きゃー
押入れの布団の間に
潜り込んでいた！

～謎の動き？スゴ技だ！の巻～

おーちゃんは不思議な動きを時々している…
楽しそうだけども…
左右に激しくゆれる分身の術！
屈伸とジャンプを繰り返したり…
ヨッ！
ハッ！
すごい運動量だ！
正座した状態からジャンプして立ち上がる凄い技もある！ただ…
バッ
スゴ技だ！
うひゃぁ～
ドン
あたた！
ドン！
注意が必要だ…

おーちゃん、小学校へ行く（前編）

愛のスパルタ教育

私は小学校1年生になって学校で習ったことをおーちゃんに教えていました。きっと教えるのが好きだったんだと思います。でも、おーちゃんはそもそも勉強に興味がなくて、当時は集中力もちょっとしかなかったので、教えるには工夫が必要でした。

例えば、オリジナルのテキストにおーちゃんの好きなキャラクターの絵を描いたり、とっておいた自分のおやつをあげたりして、おーちゃんが勉強に興味をもてるようにしました。

一方、おーちゃんは私からひらがなやたし算を学ばされながらも、おやつをもらって楽しんでいました。

そして、私はこの頃、まだおーちゃんの学習スピードが遅いということを知りませんでした。

だから、おーちゃんが内容を理解し、ある程度問題が解けるようになるまで、長い長いレッスンは終わりになりませんでした。

今思うと、スパルタ教育を受けたおーちゃんは大変だっただろうなぁ、と申し訳なくなりますが。（笑）とにかく、私は、おーちゃんに何か教えるのが楽しくて仕方ありませんでした。

しかし実は、おーちゃんにいろいろと教えているうちに、私自身の内容理解が深まっていたのではないかと、後になって気づきました。それもこれも、おーちゃんという弟がいてくれたおかげです。

そうして、あっという間に1年がたちました。両親は、おーちゃんを保育所から私と同じ小学校に進ませることに決めました。それは、できるだけ普通の子と同じように学校へ通わせたいという考えのもとで決定したことでした。

衝撃の入学式！

いよいよ待ちに待ったおーちゃんの入学式の日がやってきました。おーちゃんは私の1

つ年下でいつも私の後を追うように進学してくるので、私は応援の気持ちでいっぱい。（ホントに！）

当日、私たち2年生はおーちゃん含む新1年生を迎え入れるため、体育館内ステージ前で新入生、保護者などみんなの方を向いて1列に並びました。そしてこの緊張感が漂っている式典で、あの事件は起こりました。式典の最中なんと体育館正面に走り出てくるツワモノがいました！　おーちゃんです！

そのとき、私は「あーあ……きっと、座るの疲れたんやろうな、おーちゃん。じっと我慢するのしんどいもんな……」と思っていました。ところが……？

前に走り出てきたおーちゃんはというと、まず、1列に並んだ2年生たち一人ひとりの顔を見ながら右に左に走っていました。それからは、走りながら何やら大きな声で歌い出してしまいました。私はその歌を注意深く聞いていました。その歌はなんと昔のお百姓さんが田植え作業をしながら歌う労作歌でした。

「たぁ〜う〜えやぁ〜るならみぃ〜んなでお〜やりっ♪」（田植えやるならみんなでおやり）と、おーちゃんが歌うのが聞こえてきました。

これは、家で見ていたビデオ「まんが日本昔ばなし」の「田植地蔵」というお話で登場人物たちが歌っていた歌だと気づきました。さらに、そのお話のラストシーンでたくさんの笑っている村人たちが歌と共に登場するのですが、おーちゃんは1列に並んだ私たちの顔を見ることでそのシーンを再現して楽しんでいると分かったのです！　まさか、そんなマニアックなアニメのワンシーンを自分で再現したくて立ち上がったとは誰も思わなかったことでしょう！

正直に言うと、私の中にも「よりによって入学式で何やってんだ」という恥ずかしい気持ちや怒り、あきらめの気持ちはありました。しかも、私は2年生で、前にいて、先生に言われた通りにピシッと立っていなくてはいけません。

クラスメイトの子たちも困っています。退場してからは、

「あいつ、すげーな！」「はぁ？　誰やねん？」と口々に言っていましたが……。

さすがに、「ああ、私の弟がすみません」とは言えず、仕方なくおーちゃんを見守ることにして、2年生全体で予定通りの歓迎の言葉を言い、退場しました。大騒ぎしたおー

ちゃんは、2年生が1列で退場する際にちゃっかりついて行って退場してしまいました。(その後、ようやく先生に捕獲されました)

家に帰ってから、両親と私の3人からこっぴどく怒られたおーちゃんなのでした。

おーちゃん、学校でDIVE!

私たちは休み時間や放課後に、校庭で走り回って思いっきり遊んでいました。私は同級生と遊ぶ合間におーちゃんが楽しそうなのをよく見かけて嬉しく思っていました。

ところがある日から、(おーちゃんが小学校4年生のとき)おーちゃんは校庭の隅にある池に飛び込むようになりました。1日に1回のペースで飛び込んでいたので、私も友達も先生も池で泳ぐコイたちも驚き、あきれました。また飛び込んだぞ、みたいな。

当時、おーちゃんと私は「いきいき教室」へ行っていました。そこは、小学校の中にある学童保育所のようなところで、放課後や土曜日に学校の教室を借りていろんな世代の方々が子どもたちのことをみてくださっていました。だから、いきいき教室の方々は放課後におーちゃんが池へ飛び込まないように、見張ったり、注意したりしていました。

ある方は、おーちゃんが池に飛び込もうとするのを引きとめ、力づくで飛び込ませないようにしていました。しかしそのせいで、おーちゃんは飛び込みたいのに飛び込めなくて、とにかく泣きわめいていました。（悲しいのか、怒っているのか分かりません）この世の終わりがきたかのように激しく泣いているおーちゃんを見て、「おーちゃんがあんなに飛び込みたがっているのに、無理にとめたらかわいそう……」とその方は涙ぐみながらおっしゃったそうです。

それから、いきいき教室の方々の中で「おーちゃんの飛び込みをとめるべきか」について議論が起こりました。確かに、池に飛び込むおーちゃんがケガをしないようにしなければ、という意見もあります。だからと言って、おーちゃんのやりたいことを完全におさえつけてもいいのか、と。それに、おーちゃんは1回飛び込んだら気がすんで、超ご機嫌になるのです。逆に、我慢させるとストレスがたまってイライラしてしまいます。

またある方は「飛び込みたかったら、飛び込んだらええ」と意見しました。そして、私の母にいきいき教室の方から相談があり、おーちゃんが池に飛び込むのを引きとめないことになりました。私の母も「よその子を池に突き落とすとかではなく、自分が飛び込んでいってるだけなんで、かまいません」と了承しました。それ以来、おーちゃんが池に飛び込もうとするのを誰もとめませんでした。その代わりに、いつも誰かがおーちゃんのそばで見守っていてくださいました。

ある肌寒い日、母がいきいき教室までおーちゃんと私を迎えにきたとき、いきいき教室の方々に「今日はね、おーちゃんも寒かったみたいで池飛び込んだらすぐ自分であがってきましたよ」と言われたので、じゃあ、飛び込まなかったらいいのに、とみんな笑い出しました。

その年の冬には、おーちゃんは池に飛び込まなくなっていました。ブームがさったのです。実は私は、いきいき教室の方々がおーちゃんの好きにさせてくれたことを母から聞いて、初めて知りました。いきいき教室で、おーちゃんが飽きるまで好きなことをさせてもらえたのは（しかもケガなしで）本当に幸せなことだったと思います。

また、池飛び込みによって、おーちゃんの周りにはいつも先生や友達がついてくれるようになりました。おーちゃんは特にみんなから見守ってもらっていたのでした。

ひまわり学級でのおーちゃん

小学校で、おーちゃんはひまわり学級に入っていました。そこは、普通学校に設置された支援学級で、一定の教科（国語と算数だけ）はクラスを別にしてもらい、レベルに合わせた内容で授業をしてもらうのです。その他の授業、活動時間はみんなと同じです。

私はおーちゃんのひまわり学級での様子は知りませんが、おーちゃんは国語や算数だけじゃなく、日記を書くことを支援教員さんに教えてもらっていたようです。それと、おーちゃんにいろんな絵を描かせてくださっていて、家にはそのときの日記や絵がたくさん残っています。

小さいときの感性を失わないで、現在のおーちゃんが思ったことを表現できるのは、小学校のときからのこういう練習の積み重ねの成果なんだろうなぁと思ったりします。

また、おーちゃんが小学4〜6年生までお世話になったひまわり学級の支援教員さんはおーちゃんのことをとてもよく理解してくださっていました。

5年生のときにあった林間学習で、おーちゃんは初めて家族と離れ、友達と寝泊りをすることになりました。私の母は心配になって、当時、かかり付けだった精神科の先生に相談したそうです。すると、先生は「それじゃあ、薬を出しておきましょう」と軽い感じでおっしゃいました。しかし、そのアドバイスを聞いた母はますます不安になりました。なぜなら、それがどういう薬なのかもよく分からないし、そもそも、おーちゃんに薬を飲ませる必要があるのかと疑問に思ったからでした。

そのため、今度は薬のことも含めてひまわり学級の支援教員さんに相談したそうです。すると、ひまわり学級の先生は親身に相談にのってくださり、さらに「おーちゃんは大丈夫だから、お母さん、林間学習に薬はいらないですよ」ときっぱりおっしゃいました。母は、少し不安に思いながらもひまわり学級の先生の言う通りにすることにしました。

林間学習当日、おーちゃんはいつも通り、みんなと元気にでかけて行きました。そして、おーちゃんは何の問題もなく、薬がなくても楽しい3日間を過ごして帰ってきました。それ以来、おーちゃんには薬は必要ないことが分かりましたし、私たち家族は、おーちゃんをできるだけみんなと同じようにしてくれる学校の先生方にますます厚い信頼をよせるようになりました。

おーちゃんの支援教員さん

おーちゃんのひまわり学級での最初の支援教員さんは1年生から3年生までおーちゃんにずっと付きそってくださいました。おーちゃんは入学してからというもの、（あの伝説の入学式！）なんだか有名になってしまいました。もはや、先生や周りの子たちの目はおーちゃんにくぎ付けになっています。そんな中、私は周りの子たちからこう質問をされました。

「おーちゃんって……なんでこんな変なことするん？」

私は困ってしまいました。しかし、その質問は1人や2人からではなく、嫌になるほど何度も聞かれました。結局のところ、うまくその答えを返すことはできずにいました。

そんなある日、おーちゃんの支援教員さんが子どもたちからの質問を受けている場面に遭遇しました。それは、多動なおーちゃんがすぐにどこかへ走って行ってしまうので支援教員さんが特別におーちゃんを肩車してあげていたときのことです。

支援教員さんは子どもたちから、

「なんで、おーちゃんだけ肩車してもらえるん？」

と聞かれました。すると、こう答えました。

「それはね、おーちゃんだからだよ。」

子どもたちも「ふーん」と言ってそれきり何も聞きませんでした。

私は初めて、物事は正面から難しく答えようとしなくていいんだ、と思うことができました。それ以来、私もおーちゃんについていろいろと質問がきても、できるだけシンプルに答えるようになりました。そう言えば、質問に対する答え方ってたくさんあります。ただまじめにくどくど説明するだけじゃなく、一言で言い表してみたり、ちょっとはぐらかしてみたりしてもいいんだということを学んだときでした。

そしてこのことが、今の私の中にもずっと残っています。

例えば後輩の指導や塾講師のアルバイトでは、難しい（と思われる）ことをやさしくシンプルに教えることを意識しています。
え？　塾で生徒をはぐらかすなんてことはしていないですよ!?（念のため……！）

シンプルにいこう！
なんでゼロは自然数なの？
なんで勉強せなあかんの？
なんで塾で働いてんの？

〜おなかスイッチの巻・その１〜

おーちゃんには
笑いのスイッチがある
スイッチ
OFF
それは、お腹にある
ぐっ…
ちょうど、みぞおちぐらい。
ここを押すと…
ぐえへへへへ
へへへっ!!
がやがや…
永遠にバカ笑いできる!
こんなところで笑うんじゃない!
シ〜ン…
わー
ゲンガハハハ!ゲヘ!ゲハ!
ぐいぐい
図書館にて

〜赤いぼうしの巻〜

おーちゃんは小学生のとき…
赤い帽子がお気に入りでした。
お出かけのときはもちろん…
家の中でも、ずっとかぶっていました。
その帽子への執着は…
おふろ入ろっかな!
え
はだかにぼうし!?
入浴後も帽子をかぶり続け…髪の毛を洗うまでかぶっていました。
ぼうし
やめてよ!も〜〜〜!
海賊王か?

おーちゃん、小学校へ行く（後編）

おーちゃんと遊ぼう

この頃は、外へ遊びに行くといえば市立図書館のビデオ視聴ブースでした。そこはちょっとした個室になっていて、おーちゃんは障がい者なので優遇されて必ず利用できたのです。そこにおーちゃんと私は入れられ、しばらくビデオを見ているのが多かったです。ビデオブースではいつもおーちゃんの好きなビデオを見ていて、おーちゃんは好きなシーンになると一時停止や巻き戻しを繰り返していました。

横で見ている私は、退屈だったし、何度もビデオが巻き戻されていつまでもお話が終わ

らないのでちょっとイライラすることもありました。おーちゃんは基本的には好きなビデオを大人しく見ているのですが、たまに興奮してさわいでしまうので、それを注意したりしていました。

ところで、私の母は過保護なところがあり、私が小学生の頃は子どもだけで（友達とあちこちに遊びに行かせてくれることはありませんでした。（唯一、友達の家に行くことはオッケーでした）家の周りは道路がいっぱいで車が危ないし、親としては、子どものうちから繁華街をうろつかれたら心配だからだと思います。

でもやっぱり私は、学校以外で友達とあまり遊べないことに不満でした。ですが、母の言う通りに、必然的におーちゃんと一緒に大人しくしていることが多かったです。

けれど、おーちゃんと一緒に遊ぼうと思っても、おーちゃんはドンジャラやチェスができないし、鬼ごっこは逃げる役しかやらないから面白くないし、とにかくおーちゃんと遊ぶのは普通とは違いました。例えば最初は2人で好きなアニメのワンシーンを再現したり、ただひたすらおもちゃの電車を眺めたり、絵を描いたりしていました。しかし、遊んでいるうちにおーちゃんはおーちゃんの世界に、私は私の世界に入ってしまいます。結局、それぞれが好きな一人遊びをしてしまうのでした。

おーちゃんの先生

小学校で、優しい友達に囲まれて毎日楽しく過ごしていた私とおーちゃん。私はおーちゃんと学年が違うから、細かくおーちゃんがどう過ごしているのかを知ることはできません。でも、おーちゃんの支援教員さんや担任の先生が「あ、おーちゃんのおねーちゃん！　おーちゃんがトマト食べてくれへんねんけど、食べさせたほうがいいかな？」という具合にわざわざ私のところに質問に来られることがありました。

そのときには「それは、ただの好き嫌いなので食べさせてください」と答えつつ、「おーちゃん、トマト食べるの嫌がってるんか……さては、学校では食べずにいるつもりだな……」などと思ったりしていました。

一方で、先生たちは分からないことがたくさんあって大変です。何かあると、「おーちゃんのおねーちゃん」を求めて教室に来られます。そのときには、少しおーちゃんの保護者の気分でいました。どんなに些細なことでも分からないときに質問に来られる先生たちは熱心だなぁと思いました。

そして、家に帰ったらおーちゃんは「おーちゃん、給食のトマト食べないとアカンで！」と私に怒られるのです。学校では、おーちゃんは常に誰かから監視されていてしんどかったかもしれない、と今は思ったりします。

言われっぱなしのおーちゃん

ある放課後、6年生の男の子にそれとなく嫌味を言われているおーちゃんを発見しました。どんな誹謗中傷だったかは忘れてしまいましたが、そのとき、先生がその男の子を指導したことと、私はおーちゃんをその子から少し離れたところに連れて行って遊ばせたことを覚えています。

そのときに思ったのは、おーちゃんは弱いから守ってあげないといけないということです。同時に、言われっぱなしのおーちゃんに「何か言い返したらどうだ……」という苛立たしさまでももっていました。（もちろん、その男の子が一番悪いので腹が立っています

が）

しかし、よく考えれば、おーちゃんは自分が嫌味や差別的なことを言われているんだという自覚がないと思われます。（根拠に、おーちゃんは嫌味を言われていても全く気にせずに遊び続けていました……）それってかわいそう？　と言うより、むしろ知らぬが仏的な感じで幸せなことなのだろうか？　という疑問が生まれてきました。

とりあえず、おーちゃんには嫌なことは嫌だとはっきり言うように教えていきました。すると、例えば、私がおーちゃんのお気に入りのロボットのおもちゃに触ったら、おーちゃんは自分以外の人に触らせたくないので、「嫌だ！」とか、「やめろ！」と言えるようになりました。よしよし。

とってほしくない＆とりたくない行動に関してはしっかりと怒り、拒否するようになったのはよかったです。とは言うものの、まだ言葉の嫌がらせに対してはうまく言えません。

今のおーちゃんの言葉の理解力は小学校の頃に比べ、随分と高くなりました。そして、「ばか」や「きもい」などの悪口を言われると、小声でオウム返し（言われたままを言うこと）して見るからにシュンとしていました……ということは、おーちゃんは「言われた嫌味を理解することはできるが、言い返すことはできない」という非常に不慣な状態にあるということです。そこが、これからの課題ではないかと思います。

私がおーちゃんに言い返すことを教えようと「おーちゃん、もっとちゃんとしゃべらなあかんで！」と言っていたとき、母からは「それって、目の見えない人に『もっとよく見なさい！』って言うのと同じことちゃうん？　何言ってんのあんたは！」と怒られたことがあります。目の見えない人にちゃんと見ろ、耳の聞

こえない人にちゃんと聞け、足の不自由な人にちゃんと走れ。私は、それはきっと無茶なことだ、と思うので言えません。

ただ、「障がい」という大きなくくりで見ただけでは分からないだけで、あることが可能か不可能かは一人ひとりを見ているとそれぞれ違っているのが分かります。つまり何が言いたいかというと、私は「おーちゃんは言い返したいときに、言い返すことができるはず！」と思っているから、いろいろと言ってしまうのだということです。

「知的障がい者だから」ではなくて、「おーちゃんだから」という視点で見ると、人より遅れていても確実に成長しているし、できることが増えているから、言い返すこともできるのでは？　と思えてくるのです。

おーちゃんも走ろう

毎年、小学校の運動会はおお盛り上がり。もちろん、おーちゃんもみんなと一緒にダンスをしたり、かけっこ競争をして運動会をがんばってやりとげます。

しかし、少し困ったことに、高学年になるとリレー競争が種目に入ってきます。いえ、おーちゃんは決して足が遅くて困っているわけではありません。けれど、おーちゃんが走るのはいつもみんなの半分ということになっています。

なぜかというと、おーちゃんはちゃんとまじめにまっすぐ走らないからです。いつもおーちゃんは走りながらヘラヘラ笑っていて、線で引かれた（決められた）コース内をちゃんと走りません。そもそも、おーちゃんは、何かに追いかけられたりしないと本来の足の力を発揮しません。

おーちゃんは基本的に人と争うことがなく、競争心をもたないので、リレーやかけっこで競争させようとしても難しいのです。その代わり、逃げるときはめちゃめちゃ速いです！

（↑これはもう、動物の本能ですね）

一方で、ほかの子はみんな一生懸命に走るので、おーちゃんはその子たちに勝つことはできないし、これでは同じチームの子に迷惑をかけてしまいます。だから、半分の距離でちょうどいいぐらいなのです。

おーちゃんが6年生になったとき、運動会の練習で、先生はいつものようにおーちゃんにはみんなよりも短い距離を走らせようとしました。しかし、おーちゃんのクラスの子たちが、「なんでおーちゃんはみんなと同じように走らんの？」と言い出しました。みんなはおーちゃんとかけっこをして遊んでいて、おーちゃんがちゃんと走れるのを知っていたからかもしれません。

そして、最後の運動会ということもあって「最後はおーちゃんにも同じ距離を走ってもらおう！」と自主的に決定してくれたのでした。そして、おーちゃんがチームに入ることで必ず負けてしまう、ということのないように、足の速い子を少し集めてチームのバランスを調節してくれていたようでした。

運動会当日。おーちゃんにバトンがつながって走りました。トップでバトンがつながっても、やっぱりおーちゃんが走るとどんどん遅れていってチームはビリになりました。でも、そこのところが去年と違いました。おーちゃんの遅れをカバーするために、みんな、足が速くなっていて、ぐんぐん追い上げ、おーちゃんのチームの順序は2位になりました。最後までいい勝負でした。先生も子どもたちも家族もみんな感動する、リレー対決になりました。

私はおーちゃんの学年の子は特にいい子たちばかりだと思いました。

小さい子が大好きなおーちゃん

おーちゃんは小さい子が大好きです。

小学校高学年くらいのとき、ベビーカーにいる赤ちゃんに道で出会うと、よく近づいていました。また、幼稚園児くらいの子が公園で遊んでいるのを見つけると、一緒に遊びたいのか、仲良くなりたいのか、手を握りにいってしまいます。当然のことながら、知らない人から手を握られた子どもたちはビックリします。ビックリさせたおーちゃんは、後で小さい子の親御さんや私たちに注意されます。

全く悪気がないにしても、犯罪になりかねないことをしているので気をつけなければなりません。しかし、おーちゃんは依然として小さい子のそばへ寄っていきます。多分、おーちゃんにとって小さい子たちは安心できる存在なのでしょう。そう言えば家でおーちゃんが見ているテレビ番組も幼児対象の教育テレビとか、アニメとかばかり。おーちゃんは、小さい子のワールドが好きなのです。それとも何かほかに心理的な理由があるのかもしれません。

基本的に子どもたちから好かれていないおーちゃんですが、中にはおーちゃんのことを気に入ってくれる子もいます。特に、小学校低学年の女の子を中心に、結構モテています。おーちゃんは心優しい子に相手をしてもらっているときが一番嬉しそうです。そしてちゃっかり、「お名前は？」と尋ねているおーちゃんにも私は驚きました。

子どもたちがどうか心優しく、そのままの素直さをもって成長してくれることを願っています。そんな人たちに囲まれたらおーちゃんもきっと幸せだと思います。そして、おーちゃんにはもっと上手に人と仲良くなる方法を教えてあげられたらと思っています。じゃないと、おーちゃんが大人になったときに、怪しいおっさんだと言われてしまいますから。（笑）

～乳歯コレクターの巻～

おーちゃんは乳歯がグラグラしだすと、自分でさっさとぬいて
箱にいれて、コレクションにします
もう自分の乳歯のコレクションは終わってしまった
ある日のこと
ぐー
ぐー
♪
ササッ
z z z
チッ
う！
<電車の中>
歯が、歯がぁ～
ぎゃー！いたいから残してたのに！
油断して乳歯をとられた
バタ
バタ
うひょ！
あきらめな！

〜おーちゃん迷演技の巻〜

ご飯を食べていたら、おーちゃんがむせだした…
!
ゴホ！
まだ私しか
そのことに気付いていない…
さらに呻きだしたので、父母に大声で知らせる私…
ガー
大変だ！
苦しそう！
ううう
うう
ええ！
ぬはっ！
いい仕上りだ。
海の
恵み
生命。
キャキ…っ。
お？
おーちゃん？
大丈夫なん？
え？演技か？
誰のマネ？
フジモト！
藤本…って誰？
フジモト…
後に彼が好きなアニメのキャラのマネだと判明した…

おーちゃん、中学校へ行く

小学校とは違う　その1

おーちゃんが6年生で、私が中学校1年生のときのこと。晴れて小学校を卒業した私は、地元の公立中学校へ入学しました。そのときに感じたのは、中学校は今までとは違う！ということでした。（当たり前だけれども……）例えば勉強面では、中学校は授業のスピードが速いうえに内容が難しいと感じていて、のんびり屋の私にとってはとてもキツいことでした。

私は小学校の担任の先生に「あなたは人よりもスピードが遅くても、必ずみんなに追いついてくる子やから！　あなたの良さを分かってくれる先生に出会えるといいね」と言われたのを思い出し、思わず過去へ戻りたくなったほどです。

また生活面では、何か部活動をやろうと思い、楽しそうなバドミントン部に入部しました。本当は美術部や吹奏楽部などを候補に入れていました。でも、当初の私の身長は低く、背の順だと前から2番、3番目くらいだったので、このまま何も運動しなかったら伸びないと思って運動部に入部しました。（とにかく背が低いのが嫌だったので！）

変化と言えば、小学校が一緒だった同級生のうち何人かは中学校に入ってからなんだかやんちゃになってしまいました。他の小学校出身の人の中にも、授業中騒いで授業妨害する人がいて、私は「中学生ってこんな感じか」となんだか驚いている間に1年を終えた気がします。あと、中学校では特に「みんなと同じ」という横並び意識が高まっていると感じました。私は下手に目立った行動をとれば何を言われるか分からなくて怖いので、できるだけおしとやかにするのを意識していました。そんなわけで、入学してからというもの、環境の変化が大きくてついていくのにやっとでした。

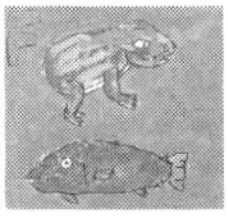

運動部はつらいよ

夏が過ぎ、1年生の秋になったとき、部活で指導してくださっていたコーチがこられなくなってしまいました。そのコーチというのは、御年70歳のおばあさん先生なのですが、もと中学校教師で、長年中学生の女子バドミントンを指導しておられ、とても厳しい代わりに、バドミントンは必ず上達させるような方でした。私は、もっとうまくなりたかったので、母と相談してそのコーチに個人的につくことにしました。

それから、毎日厳しい練習が始まりました。コーチに連れられてあちこちの中学校、高校、大学、クラブチームに練習に行かせていただき、普段の部活が終わった午後や夜、土日の練習にずっと参加させてもらっていました。練習場所への移動時間にご飯を食べるなど、想像を絶する忙しさでした。私はとにかく毎日へとへとで、家に帰って晩ご飯を食べようと思っても、右手にお箸、左手にお茶わんを持ちながら眠ってしまうほどでした。

「いつやめようか」と思いながら、3年の秋まで部活を続けました。それができたのは、仲間や家族の支えがとても大きかったです。中学生のとき、私は自意識過剰で反抗期でストレスがたまっていて、家族には八つ当たりをしてしまっていました。そのとき自分が大変だったからとはいえ、思い返せば申し訳なく思います。

しかし、3年間で学んだことはたくさんあります。例えば、礼儀やマナー、時間や約束を守ることは人として最低限やらなくてはいけないこと。それに、私はあまり人から怒られたことがなかったのですが、コーチは本気で私のことを叱ってくれました。後になればなるほど、「あのとき怒られてよかったな」と思うのです。

ほめられて、甘やかされて育ってきたので、それで目が覚めました。バドミントンもそれなりに上達しましたし、勉強もたくさんしました。一生懸命にがんばれば、いい結果がついてくるし、必ず誰かがそのがんばりを認めてくれるんだということも分かりました。とにかく盛りだくさんな3年間を過ごすことができて私は幸せものです。でも、もう一度過去に戻って同じことをやれと言われたら絶対に嫌ですけど。（笑）

おーちゃんの中学生デビュー

おーちゃんはみんなと小学校に通って、学校が大好きになりました。そして、小学校の友達のほとんどが地元の公立中学校に進学することもあって、おーちゃんも同じ中学に進学することになりました。おーちゃんは大喜びです。

さてさて、おーちゃんの入学式前夜、小学校の入学式のことを振り返った家族は、二度とあの大惨事（「まんが日本昔ばなし」再現事件）を引き起こすまいとおーちゃんには念には念をいれて注意していました。その成果もあって（おーちゃんが成長し、がんばったおかげですが！）無事に入学式を終えることができました。おーちゃんも晴れて中学生になれたのです。

そのとき私は自分のことに精いっぱいながらもおーちゃんが中学校生活をやっていけるのか、少し気になっていました。なぜなら、私も初めは新しい環境に少し戸惑ったからです。

すると、どうでしょうか。なんと、おーちゃんは中学に慣れた頃、（慣れたと思われる頃）突然自分で眉毛をそり、髪の毛をサッカー選手のベッカムのように立てて、長ズボンのすそをまくって7分丈にしたのです！あんなにまじめなおーちゃんが、ヤンキーみたいな風貌になってしまいました……！ショックというよりもむしろおかしかったです。

このときはおそらく、やんちゃな友達のマネをしていたのでしょう。友達の影響は本当に大きいです。このおーちゃんの変化から、やはり、小学校の頃よりもおーちゃんの周りの友達がはじけてしまっていることも感じられたのでした。

おーちゃんには善悪の判断があまりつかないので、（というか、やりたいことはやる、やりたくないことはやらない、の精神なので）友達がいきがってやっていることもなんでもマネをしてしまうのです。

私は面白がっていましたが、母は「何やってんの！　アンタは！　眉毛ないやないの！」と、ものすごい剣幕でおーちゃんを叱っていました。そのせいか、おーちゃんのワルかった時期はすぐに去りました。（ちゃんと母の言うことを聞くところが素直だし、おーちゃんのいいところではありますが）もうちょっと考えられるようになってほしいです。

中学校は勉強も難しくなるし、部活もやっていたら忙しいし、人間関係も考えなくちゃいけないしで、おーちゃんは大丈夫かどうかをちょっと心配していた私も、日に日に自分の勉強や部活が大変になっていったので、もはやおーちゃんのことなんてあまり気にかけていませんでした。

小学校とは違う　その2

中学校におーちゃんが入学してから、小学校の初めの頃を思い出しました。そう言えば、おーちゃんのことについて友達や下級生からさんざん質問されたなぁ、と。こうして2人とも中学生になった今、小学校の頃からの友達もいるけれど、ほかの学校出身の人もいるから、もしかしたらまたおーちゃんのことについて一から説明しないといけないんじゃないか？　と考えていました。（説明と言っても、適当に答えますが）

とにかくそのつもりでいたのです。ところが、誰もおーちゃんのことについて何も尋ねません。このことにはとても驚きました。苗字が珍しいので、私たちが姉弟であることはすぐに分かるはずなのになぁ、と思っていたのですが、よく考えたら違う学年の人の名前まではなかなか認識していないものです。それと、どうやら小学校が一緒だった人が、私たちについて知らない人にこっそり教えてあげていたようです。このようにして、とうとう私はおーちゃんについて説明をしませんでした。

家から学校へは、歩いて20分くらいです。小学校のときは班で登校するように決められていましたが、中学校ではみんな、自由に友達と通います。毎朝、私は友達と4人で、おーちゃんは母と2人で学校に通っていました。（別々に）

私はおーちゃんのことは別にいいや、母に任せようと思っていたのですが、母は私の友達に話しかけ、さらに登校している他の知っている友達にも声をかけながら歩くので、私はなんだか恥ずかしくなることがしばしばでした。そのうちに、周りの友達の目が気になってきた私は、おーちゃんと母のことをだんだんうっとうしく思うようになってきました。おーちゃんは、自意識過剰になっていた私に振り回されて大変な思いをしていました。

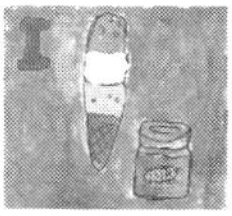

合唱大会と友情

中学校行事で思い出に残っているものと言えば、合唱大会です。合唱大会はクラス対抗で行われ、そのクラスの歌の評価はもちろん、指揮者やピアノ伴奏、クラスの態度など、総合的に評価されて優勝クラスなどが決められるのです。どのクラスも優勝を目指して一生懸命です。

おーちゃんはと言うと……幸いにも歌うことが大好きで、（家でもよく歌って踊っています）喜んで合唱大会の課題曲や自由曲を熱唱します。ただ、おーちゃんがじっとしていなかったり、みんなと一緒にキビキビ移動していないと、クラスの総合評価が下がってしまう恐れがありました。だから合唱大会の練習が本格的に始まったら、おーちゃんもみんなとキビキビと入退場をする練習をしていました。あとは、「気をつけ」の姿勢のままで最後まで堂々としていることがおーちゃんの課題でした。調子がいいときは落ち着いているのですが……本番では大丈夫なのでしょうか？

さて、合唱大会本番。おーちゃんのクラスの出番がやってきました。私は生徒の席にいて、おーちゃんが無事にみんなと歌いきることを祈っていました。すると、おーちゃん含め、クラスのみんなはキビキビと入場してきました。シンとした体育館で、指揮者の合図と同時にみんな堂々と歌い出しました。おーちゃんもみんなと同じく堂々としています。私が感動している間に、おーちゃんはそのまま無事に歌い終わって、退場していきました。体育館中が拍手喝采です。

後で聞いたのですが、おーちゃんは友達のおかげでずっと落ち着いていたのです。合唱中、両隣の子がずっとおーちゃんの手をつないでくれていたおかげでおーちゃんも安心して立っていられたのです。クラスごとの当日の写真を見てみると、ばっちりおーちゃんの手はその男の子が握ってくれていました。このことに校長先生も感動なさって、後日全校集会で話題にされたほどでした。

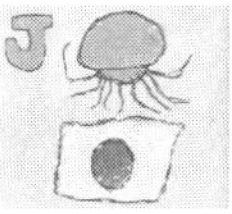

ハプニング発生

私が中学3年生のとき、悲しいことがありました。1年生の男子に階段ですれ違いざまに「お前の弟、ガイジやろ！」と言われたのです。私は突然に言われて「はい!?」としか返せなかったのですが、その子は言い終わったら笑いながらさっさと階段をのぼって行ってしまいました。私は不意打ちだったし、さすがにムカッときました。

その後、面識のある子だったので、親に相談し、先生に報告しました。そして、先生2人の立ち合いのもとでその子には謝ってもらいました。

「えーっと、すみませんでした、これから気を付けます」という具合に普通に謝ってくれました。私も「そんな風に人のことを悪く言うのは、アンタが損するよ」的なことを言わせてもらいました。以後、その子からは何も言われることはなかったです。

　そのときはすごく気を張っていたけど、実はすごく悲しかったです。それは、差別用語がつかわれて差別が浮き彫りになって、同じ人間の中に優劣がつき、バカにされ、笑われたと感じたからでした。さらに、姉ながらおーちゃんの成長を感じていたときにあびせられた心無い言葉だったのでショックが大きかったです。確かに、おーちゃんにはまだまだできないことがたくさんあるかもしれません。でも、おーちゃんは人の気持ちを思いやることができます。

　私が悲しくて泣いているときには、そっとそばに来て「おねーちゃん、にっこり！」といって、励まそうとしてくれます。自分の好きなおやつ

おねーちゃん
泣いてる！？
困ってる
のかな？
おーちゃんって・・
おかし
くれる。
ハイ！
おね～ちゃん
ニッコリ！
やさし
すぎる…

なのに、私にも分けてくれるときもあります。

日頃おーちゃんはとても優しいし、何も悪いことをしていないのに、理不尽に舌打ちされたり、バカにされています。それでもずっと誰にでも優しいおーちゃんは、本当に天使のようです。

このときから私は、「障がいってなんなのか?」「どうして差別はなくならないんだろう?」と深く考えるようになりました。

おーちゃん、受験する

おーちゃんが3年生になった春、私たち家族はおーちゃんの進路に悩んでいました。小学校と中学校での義務教育が終わるので、これからどうするか、家族で話していました。障がいのある子は一般的に支援学校へ通うか、作業所で働くか……という感じなのです。が、おーちゃんの進路は高校進学がいいと思われました。おーちゃんは学校が好きで、勉強したり、部活をしたり、遊んだり、学校行事を楽しんだり……学校に向いていました。

そんなおーちゃんには優しくしてくれる友達がたくさんいます。家族の話し合いでは、みんなが高校に進学していく中で、おーちゃんにも同じように高校生活を体験させてあげたい、そしてまた新しい友達ができるようにしてあげたい、という話になりました。最終的に決定したことは、地元の公立高校におーちゃんも受験させてみる、ということでした。おーちゃんも「学校に行きます！」と言っていたこともあって決めました。

受験生のおーちゃん……まさかこんな日がくるなんて誰も想像していませんでした。でも、学校ではおーちゃんの担任の先生もたくさん応援してくれました。それから、母は、高校進学を果たした障がいのある先輩たちのエピソードを聞いたり、親御さんに相談したりして情報も集めました。

ついに受験の当日がやってきました。もう、準備は万全！　おーちゃんは受験勉強

というより、身だしなみを整えるだけといった感じでしたが。（笑）
ま、本番は最大限に力を発揮するだけです。おーちゃんは、他の受験生の迷惑にならないように別室受験となりましたが、テストはみんなと同じものでしたし、分からないなりに最後までやり切りました。

ドキドキの結果発表は……なんと、不合格でした！（えー!?）そうです、1つ目に受けた学校はご縁がなかったようです。同じ中学から13人受けたのですが、なんとおーちゃんと保育所のときから幼馴染だった子とおーちゃんの、2人だけが不合格だったのです。けれど、ラッキーなことにそのときの大阪の高校受験では前期と後期、2回の受験のチャンスがありました。

その子はおーちゃんに「オレもがんばるから、おーちゃんもがんばれ！」と言ってくれました。卒業式をむかえて、後期試験で受験し、その子は別の公立高校へ進学することができました。そしておーちゃんも、2つ目に受けた自転車で通える距離にある高校に、定員割れで合格することができました！

そこも公立の高校なのですが、広い美術室があり、総合選択制になっていて、芸術コースがあることから、もともとおーちゃんの本命の学校だったのです。おーちゃんを知る人はみんな、おめでとうという気持ちと、ホッとした気持ちでいっぱいでした。おーちゃんは合格してからもずっと「学校に行きます！」と言い続けていました。

おーちゃんがいない高校生活

一方で、私は初めておーちゃんと別々の学校に通ってみてなんだか変な感じがしていました。友達と兄弟の話になったときには、おーちゃんのことをどこまで話すべきか迷いました。とりあえず、聞かれたら答えることにしていて、「弟は優しいよー」とか「弟に身長ぬかされたよー」という当たり障りのないことを言っていました。

おーちゃんが全く違う高校に通うのはほんの少しだけ寂しくもありました。でも、おーちゃんはどうしてるかなと思う回数は格段にへりました。

また、私の高校での友達には障がい者をあまり知らない人がいました。それは、駅で独り言を言っている知的障がいのある方を見かけたときのことです。私は別に気にならなかったのですが、友達は過剰に反応して、「うわ！　見てー」と言って、その方が通り過

ぎたら、「さっきの人、見たぁ!?」と。私は、返事に迷って、結局見ていないということにしてしまいました。とても複雑な気持ちになりました。

とりあえず私は、「いろんな人がいるよね」っていう感じで終わらせて、話題を変えました。でも、なんとなくこの子には私の大事なことは何も言えないなと思ってしまいました。

もし、彼女（友達）が私の弟が障がい者であることを知っていたら、わざわざ私の前でこんなことを言ったりはしないでしょう。でも、これは彼女のありのままの姿（人格）が垣間見えたと思いました。彼女は人をバカにするつもりがなくても、バカにしてしまっています。「高校生にもなって、まだこういうことがあるのか」とも思いましたが、これからもこういうことがあるのかもしれません。人のふり見てわがふり直せ、

とも思いました。

障がい者への理解は形だけの部分もあります。ゆとり世代の私たちは道徳教育をほかの世代よりもたっぷり受けているはずで、そのときに障がい者のことについて山ほど触れていたはずなのに、障がい者だと分かると過剰に反応する子がいます。

また、今は改装工事されている校舎ですが、当時はエレベーターがなく、段差だらけでした。車いすの人は入学しづらく、松葉づえをつく人にさえ、うちの学校内を移動することは困難でした。だから、障がいのある人を理解をしようと言いながら矛盾しているなぁと感じていました。なんだか、まだまだ生きづらい社会ではないか、と。

～おなかスイッチの巻・その２～

ヒマさえあれば、おなかスイッチを押して笑うおーちゃん。

ON
ギャハッハッハッ
ハッハッ
しかし、あまりに笑いが長く続くとウルサイし、心配になることもある。

見かねた母は…

おーちゃん！そんなに、手でおなかを押してたら、おなかがつぶれちゃうからやめなさい！！

はっ！

はいっ！

通じたのか…

おお…！

マジメな顔…

…って、押しとるやん！

いや「手」では押してへんよ！

ありとあらゆる「物」でおなかを押しまくっていた…

〜ながらの王子様の巻〜

ダンスしながら・・・
ごはんをたべる
るん
るん
モグ
モグ
コラ
コラ
音楽聞きながら・・・
テレビをみる
オイ
オイ
背中にカイロをあてながら・・・
アイスたべる
アハッ!
カイロ
ヒュー
さむ!
そして逆立ちしながらラーメン・・・
・・・はさすがに無理でした
バカボンか!
ぷる
ぷる

おーちゃん、高校へ行く

美術部に入ろう！

おーちゃんも高校受験を終え、無事に地元の公立高校に進学することになりました。家族はもちろん、中学校の先生も、ご近所のおばちゃんも「よかったね」という感じでまずはホッとしていた頃、高校の先生はおーちゃんが通ってくるということについてひどく心配しておられたそうです。なぜなら、おーちゃんのような障がいのある子が入学するなんて、全く初めてのことで誰にも予想がつかなかったからです。

きっと、おーちゃんなら大丈夫……。

勉強はさておき、まずはさっそく美術部に入部しようとおーちゃんは先生のところに両親と行きました。ところが、入学した当初はどういうわけかおーちゃんを美術部に入部させてくれませんでした。私たち家族は、てっきりおーちゃんはあの広い美術室でクラブ活動ができるものだと思っていたので、残念に思いました。おーちゃんの高校を選ぶ際にも決め手となったあの美術室で絵が描けないなんて……。

これから3年間好きなことができると思っていたのに、どうしてだろう。

そう思って先生に頼んで、頼んで……2学期からようやく念願の美術部に入ることができました。もともとおーちゃんは作品を作るのが大好き！　絵も一生懸命描くので、その後は先生はおーちゃんの作品をいつもほめてくれました。


後になって知ったのですが、高校の担任の先生はおーちゃんが入学することを知ってから、特別支援学校に相談に行かれたそうです。多分、おーちゃんが自閉症だから、それを知ろうと思ったのでしょう。でも、その行動は冷静さを欠いていました。もしおーちゃんのことを知りたければ、直接おーちゃん本人に会えばいいだけだからです。

先生は「知的障がい」「自閉症」というキーワードに反応して特別支援学校に話を聞きに行っ

た結果、自閉症の子は手がかかると勝手に思い込み、おーちゃんが美術部にはいることを「面倒が見れないから」と断っていたのでは？　と私は思うのです。

ところが、おーちゃんを入部させてみたら、静かに落ち着いて座り、先生の言うことを聞くうえに、集中して絵も描いています……先生たちは驚きました。わけも分からず入部させてくれない期間があってもおーちゃんは怒りませんでした。一方で、家族みんなはおーちゃんが門前払いにあっている間、もう胸が張り裂けそうな思いでいっぱいでした。

せっかくなら「障がい児」にではなく、「おーちゃん」に接してほしいです。くれぐれも「知的障がい」や「自閉症」というカテゴリーの名称をそのまま本人に張り付けるのはやめてほしいと思います。このような名称は、その人の一面を説明するために使う、便宜上のものでしかありません。

例えば、同じ人間の中に人種や性別などが違う人がいて、それぞれ日本人やアメリカ人……、男や女……などと分けられていますがそれはただのワクというだけで、その中には数えきれないほどの性質をもった人たちがいます。一人ひとり個性があって違うんだ、ということを思い出してほしいです。

おーちゃんは幸せ

そう言えば、おーちゃんは高校生になって新しい友達ができたのでしょうか？

私は、クラス写真を見ながらおーちゃんに話しかけました。

「おーちゃん、お友達は誰？」すると、おーちゃんは指をさしながら「○○君と……○○君と……」と名前を挙げてくれました。私が「よかったね」と言うと、おーちゃんも「はい！」と言います。でも、おーちゃんは友達とどこかへ遊びに行くということがないので、私はおーちゃんに本当に友達がいて、学校生活自体もやっていけているのかどうか心配でした。

雨の日も、風の日も、母は毎日おーちゃんの送り迎えをしています。小学校の頃から今までずっとそうしています。両親は、もし登下校中におーちゃんに何かあったら、「こんな障がい者を一人で歩かせていたらダメだろう」と言われるから送り迎えをするのだそうです。学校についたら、おーちゃんと母はまず教室に行きます。すると、クラスの子がおーちゃんや母に話しかけてくれるそうです。たわいない話をするのが母は嬉しいそうですが、おーちゃんは穏やかにその場にいるだけで、どう思っているのかは分かりません。でも、私はおーちゃんを見ていて、何気ない毎日が幸せであふれていると思えます。理由はよく分かりませんがおーちゃんの周りにいる人みんながにこにこしていたら、おーちゃんも喜ぶので、高校のゆるーい雰囲気がよかったのだと思います。

おーちゃんのおもちゃたち

高校生になっても、家へ帰るとおーちゃんはおもちゃで面白いことをしています。私はおーちゃんの発想力に毎度驚いています。

例えば、既存のおもちゃにひと手間加えたりします。そのひと手間の加え方は、まず白い紙におもちゃの新しいパーツを描き、それを切り取ります。次に、そのパーツをセロハンテープでおもちゃにくっつけます。気がすむまでくっつけたら、完成です。ひと手間かけることのメリットとしては、持っているおもちゃを今までよりも自分好みにできることがあげられます。もしそのおもちゃがロボットだったら、なんだかパワーアップして強そうにもなります。

また、ひと手間の中にはおもちゃは土台に過ぎず、もとのおもちゃとは全然違う風貌になってしまうものもあります。しかも、気が向いたら次の新たなるパーツを作ってくっつけるので、それが日々刻一刻と変化することさえあります。初め私は、「あのままでもよかったのに、なんで変えたの？」と、その変化を不思議に思ったのですが、

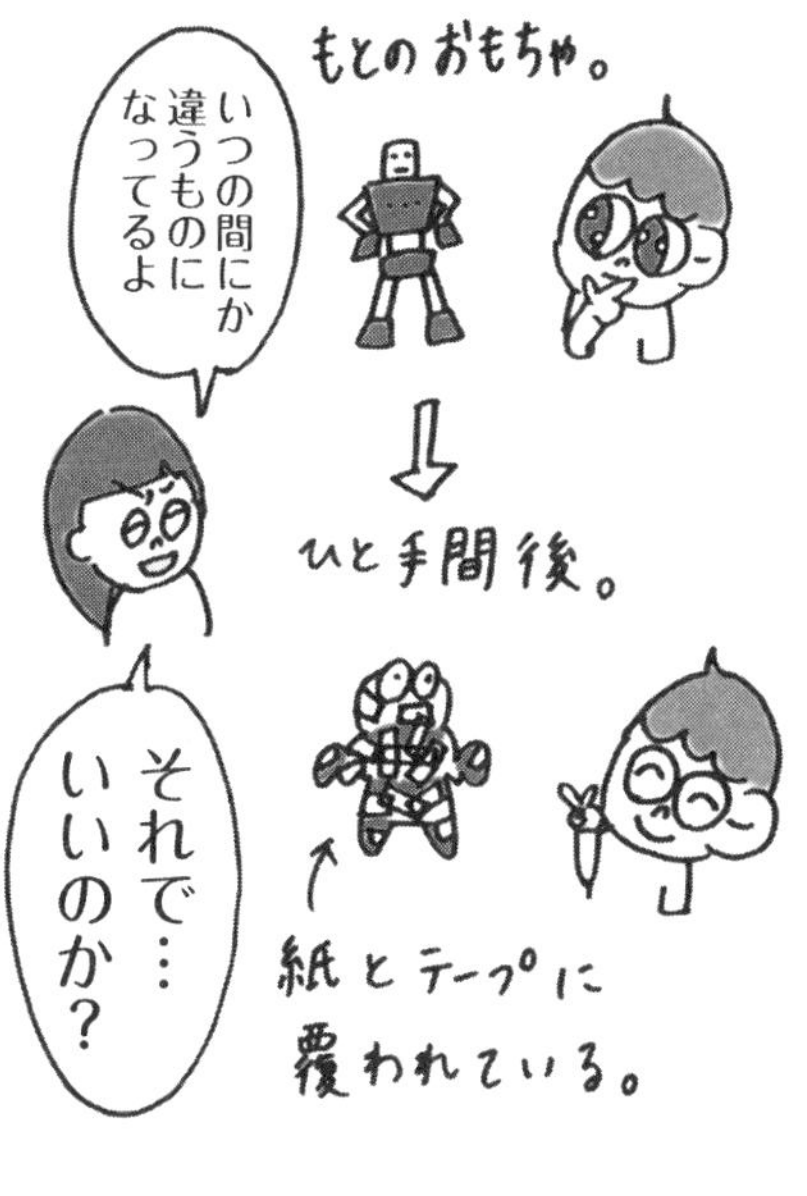
もとのおもちゃ。
いつの間にか違うものになってるよ
ひと手間後。
それで…いいのか？
紙とテープに覆われている。

おーちゃんは、変化なんて気にしないで、そのときの気分で好きなように作っているようでした。そのことが分かってからは、私もおーちゃんのおもちゃに対して「なんで変えたの？」と思わなくなりました。

本人はただ遊んでいるつもりだけれども、私は、このおもちゃは見るたびに変化していて、面白くて、すばらしい作品だと思うようになりました。

そのうえ、ひと手間かけたおもちゃには今までよりも愛着がわいてくるもの。遊んだあとはきれいに片づけて、より一層大事にしているようです。大抵のおもちゃにはすぐ飽きて、遊ばなくなっていった私とは対照的に、おーちゃんはいつまでもおもちゃやモノにこだわります。ただ、モノを大切にし過ぎてなかなか減らせず、部屋が狭くなるばかりなのがちょっと難点です。

ちょっとどころか実はけっこう困っています。おーちゃん専用の倉庫があって、そこにおーちゃんのコレクションや作品を置いておけたらいいなぁと本当は思うくらいです。

おーちゃん、体育祭でモテモテ!?

おーちゃんの高校の体育祭は、私の高校の体育祭と全く同じ日に行われます。それも毎年。(笑)さすが地元の公立高校はどこか似ていると思います。

毎年欠かさず体育祭に応援に来てくれる母は、おーちゃんと私の両方を応援しようと2つの高校を往復します。なんだかとても大変そうだけど、母も楽しそうです。

体育祭ではみんなお祭り気分で、女の子たちはきれいにメイクをしたり、髪の毛を盛ったりしています。おーちゃんは女の子に興味津々です。

おーちゃんが3年生になった最後の体育祭のときのこと。ギャル風の女の子たち(同級生4、5人)のところへにじり寄っていきました。

母はそんなおーちゃんに驚きつつも、

「あ、おーちゃんと一緒に写真撮ってもいいかなぁ?」

とその子たちに声をかけました。その子たちも

「あ、いいよー。」

とかるくオッケーしてくれておーちゃんは念願のハーレム写真撮影が実現しました。

「ハイ、ポーズ」と母がケータイで撮った写真を後で見せてもらうと……。おーちゃんは両側にいた女の子の肩をちゃっかりと抱き、満面の笑みでバッチリ写っているではありませんか。これには家族全員、大笑いでした。

おーちゃんの修学旅行

小学校、中学校の修学旅行では先生が特別についてくれて、あんまり心配することはありませんでした。しかし、高校では、普段の授業時は支援サポーターさんがついてくれていますが、学校外の活動ではサポーターさんはつけることができないそうで、先生たちは心配して「宿泊は大丈夫ですか？」と何度も母に確認されたそうです。

しかし、またもやラッキーなおーちゃん。

なんと学校は私と別なのに修学旅行は私と全く同じ沖縄の山村での民泊だったのです。私はその村の宿泊先のおじさんとおばあちゃんにとてもよくしてもらい、楽しい修学旅行を経験できたのでした。

その家ではおばあちゃんの手作りせっけんを売っていて、せっけんの手作り体験もさせてもらいました。お土産に持って帰ったせっけんを母と祖母にあげたら、みんな「とてもいいから、なんとか手に入れたい！」と言うので、それからは通販してもらっていました。そして、おじさんとは手紙のやりとりをし、お付き合いが続いていました。

おーちゃんが修学旅行で沖縄へ行くことが決まったとき、母はおーちゃんの学校が修学旅行に行くこと、おーちゃんに障がいがあることなどをおじさんに相談しました。するとおじさんは「うちで面倒見るさ〜」と言って、地元の観光協会で村で宿泊する学校のリストを探し、おーちゃんのグループの受け入れを自分の家でするように手配してくれたそうです。

そんなわけでおーちゃんは沖縄の山村民泊も私と同じそのおじさんのおうちに泊めていただくことになり、友達4人で2泊させてもらいました。

おじさんは夜、家に電話をかけてくれました。「4人で仲良くお風呂入っててビックリした。みんながちゃんと面倒見てくれてえらいなぁと思ったよ」と言ってくれたので、よかったな、と思いました。

そして最終日の自由時間にお土産を買うときは先生がついてくれて、私よりちゃんとみんなの分のお土産を買ってきていたのにも驚きました。

沖縄のお花畑で友達と記念撮影

おーちゃんのハマっているもの

私が大学生になってから、つまりおーちゃんが高校3年生になってから、私はおーちゃんの趣味の多さに気づきました。そう、絵を描いたり、天声人語を書き写すだけではなかったのです。趣味のひとつには、好きなものをコレクションするというのがあります。特に好きなアニメのマンガやおもちゃ、関連グッズについてはｉｐａｄで調べて私たち家族にねだり、なんとかして手に入れます。手に入れた後は、遊ぶのもほどほどにして大切に保管します。箱に入っていたものは箱に、袋に入っていたものは袋にしまって家のどこか安全そうなところに飾るのです。おもちゃの保管に関しては、かなりマメな方だと思います。おーちゃんの大切にしているコレクションの近くをうろつくだけで「あっち！」（向こうへ行って）と追い返されたこともあり、それはもう徹底した管理ぶりです。

そんなきっちり者、おーちゃんが最近ハマっているのはガチャポンです。ガチャポンの存在は知っていたはずなのに、突然にブームがやってきたようです。

ガチャポンをするためには百円玉を何枚か投入口にセットして回さなければいけないので、お金のことがあまり理解できていないおーちゃんにとって、一人でガチャポンをするというのは、成長するためのいい機会になります。

先日、家族で買い物へ出かけたついでに、おーちゃんは一人で勝手にガチャポンをしようとお金を投入口に詰め込んでいました。しかし、うまくいきません。なぜなら、百円玉を入れるべきところに、懸命に十円玉を入れていたからです。そのガチャポンのあるお店のお兄さんは苦笑いをして黙ったまま、投入口に詰まった硬貨を取り除いてくれました。

一方、おーちゃんはそ知らぬ顔をして次こそガチャポンのおもちゃを手に入れようと、硬貨投入をスタンバイしていました。

はたから見ている私は、いろいろと口を出さずにいられません。「おーちゃん、これな、十円玉ちゃうで。百円玉入れないと」「おーちゃん、お兄さんになんて言うんやったっけ?」「おーちゃん、もっと愛想よくしたらいいのに」などと私は注意します。でも、おーちゃんはずっと耳をふさいでいるので、聞こえていません。そばにいた小学生の男の子たちも様子を見てぽかんとしています。お金で好きなものが買えることは分かっているようなので、お金の価値や単位、種類、計算についてもっともっとおーちゃんが理解できるようになったらいいなぁと思う今日この頃です。

おーちゃんの趣味

・絵を描くこと
・アニメのグッズを集めること
・ＣＤを聞くこと
・ＤＶＤを見ること
・天声人語を書き写すこと
・最近は、ガチャポンをすることに特に夢中。

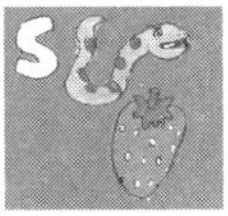

おーちゃん自分観察をする

みんな、１日に平均して何回くらい自分の顔を見るのでしょうか。

実は、おーちゃんは1日に平均して10回くらいは鏡を見ます。これは頻繁と言っていいのか分かりませんが、ひまさえあれば自分の顔を見ています。洗面所の鏡だったり、私の手鏡だったり、はたまたガラスに映った自分だったり。おーちゃんもお年頃なのでしょうか。自分の存在を確認しているのでしょうか。あるいは、ナルシストだからなのでしょうか。とにかく日頃から「自分観察」をしています。

そんな「自分観察」で傑作だったのが、自分の動画を撮ることです。

アニメキャラクターのマネをしている自分を撮影し、後でそれを何度も見直すのです。大好きなアニメのこととなれば、おーちゃんはキャラクターのセリフをすべて暗記して演じるくらいの努力はおしみません。もちろん、自分がどんな表情をしていて、どんな声なのかをチェックすることができます。しかも、最近はｉｐａｄで動画を撮りためているので、いつでもどこでも好きなアニメ（のキャラクターを演じる自分）を見て、聞いて、楽しむことができます。実に面白い遊びを考えたなぁと思います。

あるとき、おーちゃんと電車に乗って出かけることがありました。遠くに出かけるときの移動時間は長くなるので、おーちゃんは退屈してしまいます。今までは、絵本やおやつ、スケッチブックを持って行き、暇つぶしをしていました。ですが、高校生になってからはｉｐａｄを持って行くようになりました。電車に揺られながら、今まで撮りためていた動画に夢中になる、おーちゃん。時間が経つのも忘れてしまいます。

ところが、その動画はほかの人に見られたらちょっと恥ずかしいということが分かりました。なぜなら画面いっぱいにおーちゃんの顔が映し出されたり、歌ったり、踊ったり、複数のキャラを演じていたりしているシーンばかりだからです。俳優ならともかく、ずっと自分ばかりの映像を誰かに見られるのは少なからず勇気がいることだと思います。でも、おーちゃんはへっちゃらです。というか、周りのことなんか全然気にしていない感じです。自分が観賞するために動画を撮ったわけで、ほかの人がどう思おうが一切関係ないのです。最初、私はおーちゃんに人前でそんなへんてこな動画を閲覧しないでほしいと思っていました。でも今は、いくら横の席の人にのぞかれても物怖じしないその堂々とした態度に「やっぱりおーちゃんはすごいな」と感心し、周囲を気にし過ぎる私は、もはや尊敬の念を抱くまでになりました。さすが、おーちゃん、我が道をゆく、って感じです。

ただ、動画の背景がいつもちらかった部屋の中なので、監督兼俳優のおーちゃん氏にはきれいな背景を意識してもらいたいと思います。おーちゃんが細かく背景に注意しないのは、演技をする自分自身に興味があって他はどうでもいいからなのでしょうが……。

～おーちゃんがいない！の巻～

あれ？そういえば、おーちゃんがおらん。
どこへ行ったんやろー？
お～い！お～ちゃん
トイレかな？
お風呂かな？
ここかな？
ガチャ
違うな？
あれ？
お～い
どこだ～！
ほんまに見つけられへん
おーちゃんは一人で出掛けることないからおるはず！
でも…まさか…
おね～ちゃん！
ハッ！
そこか！
ろうか（上）にいた！

～オウム返し！倍返しだ！の巻～

おーちゃんは昔から
オウム返しで言葉を返す…
いってきます！
いってきます！
それを何度も繰り返して
やっと言葉を覚えたりする。
だから、私が教えたことを
復唱してくれる
おねーちゃんエライです！
おねーちゃんエライです！
じゃあ…
おねーちゃんカ・シ・コ・イです！
おねーちゃんカシコイです！
そうそう！
すると、ある日…
おーちゃん、エライ！カシコイ！言ってください！
じゃあ…
カシコイー
倍返しだー

おーちゃん、専門学校へ行く

おーちゃんが学校に行くこと

気がつけば、おーちゃんは専門学校1回生。私も大学2回生になりました。瞬く間に過ぎていった時間と共に私たちは少しずつ成長してきました。そして、おーちゃんは高校を卒業する少し前に、大きな大きな人生の分かれ目に差しかかりました。

私は、差別や教育についてもっと深く学びたいと思い、そのために大学へ進学しましたが、おーちゃんにはやりたい学問があるのかどうかも分からないので、大学進学については考えづらかったです。ですが、おーちゃんは絵を描くのが好きなので、美術系の学校へ進ませたいと思いました。そして今も、絵を描くのをライフワーク（一生の仕事）にできたらいいなぁ、と家族の中では思っています。

障がい者の一般的な進路としては、就労支援施設へ行って作業したり、お菓子を作ったり、陶芸をしたりします。その施設によって作業の種類も様々です。が、そこには障がいのある人だけが集められていて、もちろん健常者とはあまり関われません。

　そこが居心地のいい場合もあります。が、おーちゃんがここまでしっかりしてきたのは特に小・中学校でみんなと一緒の環境にいてみんなのマネをしてきたからだと確信しているので、さらに成長するための機会をおーちゃんに与えてあげたいとも考えています。みんなのマネをして、何時間も落ち着いて座ることができるようになったし、勝手に走り出すこともなくなったし、出された宿題は必ず提出するようになったし……。

　何より、友達と支えあうことができるのです。

　小学校のとき、ある子が「おーちゃんががんばってるから、私もがんばるねん！」と言ってくれたことがありました。普通の学校におーちゃんが行くことで、おーちゃんだけでなく、周りの子も一緒に成長することができたのではないかと思うのです。

やっかいのタネ

おーちゃんのような障がいのある子を学校にいれることは、やっかいな問題を起こす原因、やっかいのタネだ、と考える人もいると思います。（しかも、会う前から）

確かに、そういう子はどこか言うことを聞かなかったりしてやっかいかもしれません。周りにいる人は驚くかもしれません。でも、そんなトラブルが起きたときは、「じゃあ、どうしたらいいのか」を友達、先生、家族の中で話し合うのです。そこで、解決策が発見できたり、ルールをきめられたりできたらそれはすごいことです。

もっと言えば、障がいのある子をそばで見るということ自体に意味があることだと考えています。「こんな子もいるんだ」ということが分かるからです。本来は学校という小さな社会で、やっかいなことを考える練習もするべきなのです。話し合ってみて初めて分かることもあります。本当は誰でもやっかいのタネになる可能性があるのです。なぜなら、人は完璧ではなく、異なる思想をもつからです。障がいのある子を排除したところで、トラブルが起きないわけがありません。でも、一人ひとりが見方を変えていけば、やっかいのタネから何か気づいたり分かったりして、花を咲かせられるかもしれません。それは大切な「学び」だと思います。

私とおーちゃんが小学生のときに、脳性麻痺で車いすに乗っている子が何人か通学していました。校舎にはスロープやエレベーターもありますが、ちょっとした段差があって困っている車いすの子をみかけると、近くにいた子どもたちが4、5人でサッと車いすを持ち上げて段の下へおろしてあげます。私を含め、小学校では誰かが手伝ってあげるのは、当たり前なのですが、この光景は外部の方々をいつも驚かせます。子どもたちは、困っている子、ハンディのある子のために何ができるかをいつも自分で考えているのです。これは「学び」が活きている証拠だと思います。

分けるということ

小、中学校では全国学力テストが盛んに実施され、ますます競争化社会になっています。

仲間と切磋琢磨することで自分を高めることができますが、やり過ぎれば、子どもたちは疲れてしまいます。

みんなが学力をあげることばかり考えていたら、障がいのある子の受け入れを拒む学校も増えてしまいます。そうして、特別支援学校へ行かせるようにと、障がいのある子を分けようとする流れに勢いがついてしまいます。なぜなら、障がいがあるというだけで、手がかかりそうだ、学力アップの戦力になりそうにない、とみなされてしまうことがあるからです。

もちろん、分けた方が都合のいい場合もあります。しかし、一度分けられたら、障がい者と健常者とはなかなか関わり合えません。実際、私の通っていた高校には障がいのある子を知らず、心ないことを言ってしまう子がいましたが、彼女はきっとこのまま大人になってしまうのでしょう。

そうすると、障がい者と健常者（あまりこんな言い方はしたくないのですが）とが社会へ出てから一緒に働こう、という雰囲気にもなりにくいと思います。

私は、障がいがあるということが、学校を分けられる理由にはならないと思います。その子のできることや得意な分野をのばしていくことに着目し、どうしてもできない部分だけ支援していくという形にするべきです。障がいのある子にもいろんな子がいるし、性別も、出身国も家庭もいろいろ、一人ひとり本当にいろいろです。どんな子もみんな、一緒に学んでいこうというインクルーシブ教育を推奨します。

そうして多様性を認め合うということは、他者理解にもつながると思います。障がい者のことでも、どんな人のことでもそうなのですが、自分以外の立場の人のことを理解しようと努める人が一人でも増えたなら、今よりも思いやりのある優しい環境に近づけるはずです。

おーちゃん、大学受験をする

家族はおーちゃんの進路について話し合いました。その結果、おーちゃんもみんなと一緒に受験にチャレンジすることになりました。どうしてもダメだったら、そのときはそのときで、また考え直そうという感じでした。

まず、おーちゃんが受けられそうな大学を探しました。おーちゃんは絵を描くのが好きなので、芸術系の大学、それも公立大学を探しました。そのうえ、受験の形式は筆記試験がなく、作品と面接で合否が決められるＡＯ入試がいいと思われました。

それで、地方にある公立の短期大学の美術系学科を受験することに決めました。決められた課題（作品）を提出し、いつも学校でおーちゃんの支援をしてくれているサポーターの方と一緒に面接試験を受けました。

事前の相談会に母とおーちゃんが行ったとき「どうして大阪なのに、わざわざこんな地方まで来られるのですか？」と、障がいのある子の大学進学が不思議だというようでした。けれども今は、障がいがあっても学校ごとで配慮し、受験できることになっています。受験するのは自由なので、受けてみたものの、当日の質問内容が難しく、おーちゃんには理解しにくいものだったそうです。

面接のとき、おーちゃんは初めての場所で初めて会う人たちに囲まれ、緊張していたそうです。面接の場面で長時間ずっと独り言も言わないで、面接官の質問に集中するおーちゃん。

支援サポーターさんはそばで、おーちゃんのフォローを試みたそうです。しかし、「受験生に質問内容を正確に伝えることのみに専念するようにしなければ、不正行為とみなす」と言われたとき、サポーターさんは質問内容を噛み砕きにくかったそうです。質問が分からず、おーちゃんはほとんど話をすることができませんでした。支援サポーターさんは「おーちゃんがかわいそうでした」と肩を落としてしょんぼりしていました。

そうして、受験結果が発表されました。15人の募集定員に31人が受験したのですが、なんと不合格だったのはおーちゃんだけだったのです！　家族はショックでした。しかし、母は冷静に敗因が2つあると言います。

1つ目は、おーちゃんの面接の受け答えがまずかったから。これはコミュニケーションに障がいがあるからしかたないと思うのですが……。2つ目は、母とおーちゃんが大学の先生との個別相談で「（おーちゃんが）うちに入学されたとしても、単位を取ることはできないと思います」ときっぱりと言われて、そのときに大学側をうまく説得できなかったから。母は、「大学側におーちゃんに対する不安を残してしまった」と振り返ります。とすると、個別相談というよりも個別交渉に近いのかな、と私は思いました。

「単位が取れない」ということに関しては、確かに入ってからは大変かもしれないけれど、それはみんな同じ事だし、学校好きのおーちゃんは勉強もまじめにやるので心配ないのにと思いました。おーちゃんは高校でもみんなと同じようにしてちゃんと単位を取ってきましたし……。

私は母の分析よりも、定員15人のところに30人までは受かったのに、ただ一人おーちゃんだけが不合格だったことが気になってしまいました。これは、大学側が知的障がいのある人をきっぱりとお断りしたからなのだろうと感じました。

そこの大学の紹介では「最初は絵が描けなかった子が、卒業する頃にはこんなに描けるようになりました！」というようなアピールをしていたので、学力は低いけど、おーちゃんは絵を描くことに長けているから可能性があると思っていたのです。

でも実際は、学校の方針が学力重視というわけでもないのに、落とされてしまいました。

どうして単位が取れない、とそんなにきっぱり言えるのでしょうか。また、どうして単位が取れそうにないからと一人だけ落とすようなことができるのでしょうか。全く情け容赦ない感じが伝わってきて、とにかく私はおかしいと思いました。が、試験（作品と面接）のデキが明らかに悪かったからだと言われればそれまでですが……。

いろいろ理由をつけて、門前払いをしているように見えるから、腹が立つのかもしれません。真剣に障がいのある人を分かろうとしているのか、と。

単位取得のための評価の緩和ができなくても、ほかの大学では、定期テストの際に試験時間を少し長くしてあげるとか、単位のためのなんらかの措置があるようです。

母は、「やっぱりおーちゃんは勉強ができないから」と言っていましたが、この大学では芸術を学ぶのだから、ＡＯ入試でその意思のある子を評価すべきです。（学力のある子は一般入試でいくらでもとれます）私は、別にこちらに原因は全くないと思います。ただ、大学の求める人材とおーちゃんとが合わなかっただけなのです。ご縁がなくて残念でしたが、しかたありません。

おーちゃんの受験のおかげで、障がい者は大人に近づくにつれて、社会に出づらくなっていくのが分かります。教育についても、まず決まって分ける方向なのです。

こうなったら、改善できるところは改善して、意地でも進学を目指してしまいます。

次に受けたところは、大阪市立のデザイン専門学校でした。そこから、受験前に高校のほうへ問い合わせがあり、おーちゃんについていくらか尋ねられたそうです。

次の受験へ向けて、高校の先生も支援サポーターさんもおーちゃんのために、一緒に面接の練習を何度も何度もしてくださりました。私もおーちゃんに面接のアドバイスをして応援しました。しかし、そこの専門学校にも、不合格になりました。

どうしようかと迷いましたが、事前の説明会では「うちは1回の受験ではなかなか通りませんから、何度も受けてください」とみんなに呼びかけていたことを思い出し、私たち家族はもう一度、チャレンジしてみようと決めました。

1か月後、再びその専門学校を受験しました。すると、定員割れになったこともあって、おーちゃんも見事、合格の2文字をもぎとることとなりました。ラッキーなおーちゃんはこうして晴れて専門学校生になることができたのです。


入学手続きをすませると、さっそく課題がどっさり。(笑)

がんばらなければいけないのは、これからです。

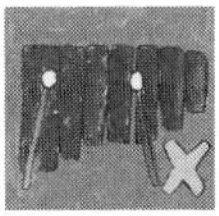

おーちゃんの今

晴れて専門学校生となったおーちゃん。

おーちゃんは、母と一緒に月曜日から土曜日まで学校へ地下鉄で通っています。（もう、おーちゃんは一人で行けるのですが、未だに母がついて行ってあげています）

今、通っている学校は高校までとは違ってプレゼンテーションや実践活動が授業のメインです。強制的に何かを発信しなくてはいけない環境にいるおーちゃんは本当に大変そうです。でも、同じように絵を描くのが好きで一緒にがんばっている同期の友達がおーちゃんに優しくしてくれるので、おーちゃんは相変わらず学校が大好きです。

入学してから今まで、単位のことや支援サポーターさんのことなど、新たに話し合うことがたくさんあり、これまた両親は大変そうでした。でも、全てがおーちゃんにとっていい方向に進んでいるなぁとそばで見守る私も感じることができて、嬉しく思います。

今、おーちゃんはデザインの勉強をしていて、なんだか難しそうだけどイキイキとしています。そして、おーちゃんは将来、世界を股にかけて活躍するアーティストになるつもりでいます。

がんばれ、おーちゃん。

また、私もおーちゃんに負けてはいられません。私はこれから、インクルーシブ教育についての見聞を広げる目的で、その実践が進んだカナダに留学する予定です。帰国後は、障がいのある子もない子も同じ教室でともに学ぶのが当たり前になる教育の定着を目指したいです。そして結果的に、これからの日本社会がよりよくなることに貢献したいです。

私は中学生の頃から、将来は中学校の国語の先生になりたいと思っていました。今、新たにいろいろな進路を考慮しているところです。とにかく、どの進路に進んだとしても、その場で自分にできることを見つけ、とりわけ社会的弱者と言われる人たちを守ることにはかならず尽力したいと思っています。例えば、職場に障がい者への理解が難しい人がいたとしたら、何か、関係がスムーズになるような、橋渡し的な役割が少しでも担えるような人間でありたいです。今はとても抽象的なことしか言えていませんが、本当にそうありたいと強く思います。

それぞれの夢に向かって、日々を大切に、生きていかねばなりませんね。

〜ある大晦日のできごと…の巻〜

〜旺我《おうが》ときどき無我《むが》の巻〜

おーちゃんのこれから

今までを振りかえって

学校は小さな社会なので、ここでの支え合いはきっとおーちゃんがこれから生きていくために必須の学びだったと思います。もし、支援学校に行っていたら、おーちゃんはまた別の特別な小さな社会で生きていたことでしょう。しかし、おーちゃんは普通学校に行き、友達と多様性を認め合えるような学校生活を送れました。それは大変だったけれど、とても幸せなことだったし、理想的だったと思います。

おーちゃんのそばで支えていてくれる友達、先生には感謝してもしきれません。おーちゃんも私も、知らない間にいろんな人たちに守ってもらっていると思いますし、いろんな人のおかげで成長することができたと思っています。（まだまだ成長しきれていない部分も、多々ありますが……）

現在のおーちゃんは相変わらず「重度の障がい」の扱いにはなっています。でも、自分でトイレにもお風呂にも行けて、おつかいもできるから、生活力は高く、場の空気を読んだり、新聞記事の書き写しをするようなことも自発的にします。それなのに、おーちゃんは、手がかかる人とされているので、私は「どういう基準？」とつっこみたくなります。

「もしもおーちゃんに障がいがなかったら……」「もしも弟がいなかったら……」と思うこともあったけれど、やっぱりおーちゃんがいてくれてよかったと思います。

確かに、おーちゃんのせいでいろいろと大変なこともあります。例えば、おーちゃんを一人で留守番させないように私も出かけるのを我慢して面倒を見てあげなくてはいけない……なんてことがあります。でも、おーちゃんのおかげで私はとても幸せ。おーちゃんが弟だから、足の引っ張り合いやケンカなどの争いもほとんどないし、お互いに成長できたと思っています。それに私は、万人に優しくすることや人を許すことを天使おーちゃんから学ぶことができました。

本当におーちゃんがいてくれたから、という部分が大きいです。私のたった一人の弟なので、これからも仲良くしていきたいです。

そんなおーちゃんは言葉がうまく出ないから不憫に思うときもあるけれど、決して不幸ではなさそうです。毎朝、学校に行くのが楽しみで楽しみで、早く起きちゃったり、朝日新聞の天声人語を書き写し終わったら必ず「天声人語、やったよ！」と言ったり、もらったおやつをすぐに食べちゃったり（みんなが食べる頃にはおーちゃんのはなくなっていて本人も周りも困るといういつものパターン）……。

とにかく、そのときの、その一瞬を生きているおーちゃん。これから先のことについて、何か不安になることもなく、いつもにこにこ笑っています。

「てにをは」が間違ったりしても，面白いので，あえて誰もなおさない，おーちゃんの絵

きっと世界は変えられる

障がいがあるから、お金がないから……と、どんな理由でも人は不幸になろうと思えばなれるのです。でもそこで、現実から目を背けずにがんばること。パキスタンの少女マララ・ユスフザイさんの「女性にも教育を」と立ち上がった姿を見て、そう思ったのです。彼女は２０１２年10月にタリバーン勢力に銃で頭を撃ち抜かれました。治療後、彼女が再び立ち上がったとき「仮に私が命を失ったとしても、教育を受ける権利の尊さに比べたら、たいしたことではない」と言い切ったのを見て、彼女の意志の強さが伝わり、胸に響きました。

どんな状況であっても、勇気や希望をもって使命を果たそうとする、そうやって自分の周りの世界を少しずつでもよくしていこうとする……。そのこと自体にも、意味があるのだと思います。というのは、マララさんのように大きく考え、大きく行動できるような人がいることで、いろんな人の意識に呼びかけることにつながり、もっと多くの人の心が豊かになり、現状を改善することにつながると思うからです。

　マララさんを見ていると、今このときにできることを精一杯やっていこうと思えてきます。そして、生きづらさを抱えて生きている人も、支え合えばきっと幸せになることができると信じています。

私はマララさんに
あこがれ……
おーちゃんはコナンくんに
あこがれている

ベストフレンド

　高校卒業を目前にした3月初め、その日は私の友達の18歳の誕生日でした。

　私はサプライズとして、突撃で彼女の住む町まで行き、お祝いをして、日ごろの感謝の気持ちを伝えて帰ってこようと思いたちました。それ以外のサプライズ方法も思いついたのですが、彼女も忙しいので、風のようにサーッと行って驚かせてサーッと帰るほうが時間をとらないだろうと考えたのです。（まぁ、私の思いつきで動いていましたが……）

さっそくプレゼントを持って出かけようとしましたが、私が家にいてあげないと、おーちゃんがひとりぼっちになってしまうことに気づきました。いつもなら2人で留守番をするのですが……。私は、出かける前になって急に、サプライズの実行にためらいが生じてしまいました。けれど、やっぱりおーちゃんをつれてでもその友達のところへ行くことに決めたのでした。

私がためらった理由は、彼女がおーちゃんのことをどう思うかが不安になったからでした。高校では、おーちゃんがどういう子であるかを誰にも説明する必要がなかったですし、今思えば、私にも打ち明ける勇気がなかったのだと思います。だから、彼女にもおーちゃんに障がいがあるということだけは約3年間ずっと、言いそびれていたのです。

ガタンゴトンと電車に揺られながら、おーちゃんはルンルンなのに対して、私はちょっぴりナーバスでした。（久々の電車におーちゃんは、本当に大喜びでしたが）

電車を降りて、私たちは歩いてその家にやってきました。ところが、家には誰もいませんでした。それで突撃サプライズはあきらめて、彼女に電話をしてみたら、つい最近に近場に引っ越していたのでした。結局、電話した直後に彼女は自転車で私たちのいるところまで飛んできてくれました。彼女は本当にビックリした、と何度も繰り返し、私がプレゼントを手渡したらはじけるような笑顔を見せて喜んでくれました。

「あ、こっちは弟のおーちゃん」と私が紹介したら「そういえば佳蓮ちゃん、弟おるって言ってたなぁ」と言って弟にも挨拶してくれました。そして、おーちゃんにはつっこまずに、最近どうしてる？　というような、たわいのない話をしていました。

そうして話をしながら、３人で駅の方へ向かっていくとき、おーちゃんは、知らない町だというのに数歩先をずんずん歩いていきます。しかもときどき、ピョンピョコとびはねながら進むので、私は「今日は落ち着きがないなぁ」と思わずこぼしてしまいました。

それに対して、彼女は「なんか、楽しそうやなぁ」と。彼女の言い方があまりに自然だったので私は聞き流しそうになりましたが、彼女がちゃんとおーちゃんのことを見ていたからそうコメントできたのだろうと思いました。確かに、電車に乗っていたときから、おーちゃんはお出かけできることにウキウキして、楽しそうでした。私はハッとしました。

彼女の言葉を聞いたとき、私の中のゆるーく続いていた不安はそよ風が吹いたようにどこかへ吹き飛ばされていきました。その風の何気なさを本当にありがたいと思いました。

また、私は心のどこかで彼女のリアクションを期待していたのだろうということに気づきました。きっとどんなことも過剰に反応しないし、決して冷たい目で人を見ようとはしないはず、と彼女のことを信じていたからでした。

彼女と私は高校で同じ部活に入っていました。私は今まで、深刻に悩んでいることを打ち明けたり、何度も涙を見せたりしては彼女を困らせてしまっていましたが、それほど正直になんでも自分のことを話せた友達は、彼女のほかに誰もいませんでした。だからその日、今までの感謝の気持ちをこめて、誕生日のサプライズをしたいと思ったのです。

実際には、感謝の気持ちが伝わったかどうかも分からないし、そもそもサプライズ計画もあってないような感じで、今思えば、迷惑だったかもしれませんが……！彼女が主役の日ですら彼女に救われていた私は、もう感謝に感謝を重ねる思いでした。

そしてこの日から、おーちゃんのことを積極的にいろんな友達に話すようになりました。自分自身が前向きな性格に変わったのです。相変わらず私は「障がい」というものをちゃんと説明できはしませんが、おーちゃんのことは話せるようになりました。話し終わるたびに心に優しい風が吹くのは、私の親友のおかげなのです。その風を心地よく感じられることがどれほど幸せなことかは、まさに表現できないほどです。

また、おーちゃんのことを話しやすい人と言うのは、絶対に優しくて、いい人なのです。それに、身の周りの優しそうな子におーちゃんのことを話したら、「実は私の弟も……」という人が結構大勢います。やはりいろんな境遇の人と分け隔てなく接している人はおのずと優しい雰囲気がでてくるのだろうと思います。もちろん、障がいのある人がたまたま周りにいない、という人でも、いい人はたくさんいると思います。

こんなにいい人たちに囲まれて、私もおーちゃんも大変幸せです。

これからも、そんないい仲間を大切にしていこうと思っています。目指すは、私もおーちゃんのような社会的弱者を守ってあげることができ、生きづらさを抱えた人たちの支えになれるように生きていくことです。一緒にがんばってくれる仲間をまだまだ増やしたいと思っていますので、これを読まれた方もどうぞよろしくお願いします。

〜おーちゃんは成功者？の巻〜

日本一のお金持ちの成功するためのCDを聞き出した…

何故か、とても気に入ってる様子…

はい、え〜っ今からお話をはじめます。このCDを百回聴いて下さい。そうすればわかります…

百回どころか…何度も再生するおーちゃん…

はい、え〜っ…今からお話をはじめます。この話はですね〜非常に簡単です…

あれ？今日はなんだか…声が違う？

聴き続けた結果暗唱していた…

…ってあれ？おーちゃん？

100回！聴こっかあ〜

もう成功者かも？

〜嫌われても平気!?の巻〜

一緒に哲学の先生の読書会に参加したとき…
私の似顔絵を描いて〜
・・・
絵を描いてあげて〜おねがい！
頼むよ弟！
いつも読書会でお世話になっている優しいお姉さん
描かない！
えぇ〜っ！
あら、そう…
す、すみません…
何だか今日は絵を描く気分じゃないみたいで…
おーちゃんお菓子をどうぞ〜
哲学の先生の奥様
おーちゃんは自分にとっての損得勘定を第一に優先するマイペース男子なのです…
描いたよ〜
え〜！ありがとうね！
あっれ〜？
す、すみません！
ハイ！
姉の立ち場は二の次なのだ…

あとがき

大学に入学する少し前「障がい児とその兄弟が同じ学校に通うとき、彼らがいじめにあうことはないのだろうか?」ということを親御さんや教員の方々が危惧しておられるのを初めて知り、講演会で自分の体験を話させていただきました。当日、涙を流しながら聴いてくださり、感謝してくださる方もいらしたのでビックリしてしまいました。

同時に「私にも何か伝えるべきことがきっとある、誰かの役に立てるかもしれない」と思いました。それで、この本の執筆を思い立った次第です。

また、自分と年の離れた世代だけでなく、同世代の方にも手に取ってもらいたいと思っています。読んでもらって、率直に感想、批判を言ってもらえると嬉しいです。

みなさんが私たち姉弟について知り、少しでも障がい者問題について考え、私たち姉弟を優しい気持ちで見守っていただけましたら、これほど幸せなことはありません。

つたない文章にもかかわらず最後までおつき合いいいただき、本当にありがとうございました。

最後になりましたが、本書を出版するにあたり、黎明書房の武馬久仁裕社長様、編集担当の佐藤美季さんには、本当にお世話になりました。ここに、改めて感謝申し上げます。

その他、この本を執筆するにあたり、ご協力いただきました全ての方々に感謝します。

「おーい！　おーちゃん！」

「いつも、ありがとう。」

廣木佳蓮

著者紹介

廣木佳蓮

1995年大阪市生まれ。一つ下の弟（愛称：おーちゃん）と共に地域の小学校，中学校へ通った。府立市岡高校卒業。奈良女子大学文学部人間科学科在学中。現在，おーちゃんと一緒に地域の学校へ通った経験について，障がいのある弟をもつ姉の立場で講演する。2014年10月，学内キャリア開発支援センター主催の『マイ・プロジェクト』にて，本著のベースとなる小冊子を作成。今後，日本でインクルーシブ教育を普及させ，弟のような社会的弱者と言われる人たちも，自分らしくのびのびと生きられるような社会の実現を切望している。

廣木旺我

1996年大阪市生まれ。愛称は，「おーちゃん」。ものごころついたときから姉のことを尊敬し，慕っている。3歳で発達障がい，7歳で自閉症と診断されるが保育所を出たのちに姉と共に地域の小学校，中学校へと進学。府立大正高校卒業。現在は，大阪市立デザイン教育研究所在学中。動物と恐竜が大好きで，よく絵に描いている。絵を描いて生きていけるよう日々修行中。夢は世界中に出かけて絵を描き，周りのみんなをハッピーにできるアーティストになること。

お〜い！　お〜ちゃん！

2015年9月10日　初版発行

著　者　廣《ひろ》　木《き》　佳《か》　蓮《れん》
　　　　廣《ひろ》　木《き》　旺《おう》　我《が》
発行者　武　馬　久　仁　裕
印　刷　株式会社　太洋社
製　本　株式会社　太洋社

発　行　所　株式会社　黎《れい》　明《めい》　書《しょ》　房《ぼう》

〒460-0002　名古屋市中区丸の内3-6-27　EBSビル
☎052-962-3045　FAX 052-951-9065　振替・00880-1-59001
〒101-0047　東京連絡所・千代田区内神田1-4-9　松苗ビル4F
☎03-3268-3470

落丁本・乱丁本はお取替します。　ISBN978-4-654-01917-5